的俘虜

李璐

序——關於《雪的俘虜》的歷史脈絡

陳力航

二〇二〇年初，我與妻子在北海道旅行，我的大學同學謝金魚傳訊息給我，說她有一位朋友，對臺籍日本兵、滿洲國、西伯利亞戰俘營等主題有興趣，我也因此認識本書作者李璐，這段期間，我出版《零下六十八度》，李璐則是出版《南十字星》等書，最近就是這本《雪之俘虜》。

《雪之俘虜》是以「臺灣人、滿洲國、西伯利亞拘留」發想的作品。過往提到「西伯利亞拘留」，許多人會聯想到山崎豐子《不毛地帶》。《不毛地帶》看似個人的故事，但它卻發揮類似《阿甘正傳》的效果，以人物呈現日本近代史的縮影。故事是以關東軍參謀壹岐正為主角，描述他在西伯利亞戰俘營長達十一年時間，其後返日並活躍於商界，親身經歷戰後日本經濟的發展。

然而，山崎豐子畢竟是以日本人視角寫作，而《雪之俘虜》的特殊性與意義在於，它是以臺灣人為主角，旁及四周的日本人與朝鮮人，再以群像的方式，拼湊出多元族群在滿洲的處境。特別的是，《雪之俘虜》也對臺灣人在西伯利亞戰俘營的境遇有不少著墨，它的出版，代表臺灣終於有了「描繪臺灣人在西伯利亞戰俘營」的小說。對此，我感到非常欣慰，接下來希望能盡一己之力，來為本書稍微補充一下歷史脈絡。

《雪之俘虜》是以滿洲國、西伯利亞為舞臺，對現代人而言，滿洲國是個遙遠的「歷史名詞」。但對日治時期的臺灣人而言，它是個充滿機會的所在。如同我們現在出國留學、工作一樣。日治時期的臺灣人，也會前往海外尋求更好的升學、工作機會。然而，當時大部分臺灣人所謂的海外，範圍北從滿洲國、南至爪哇（如果加上蘇聯與英國收容所，那就是北起西伯利亞，南至澳洲）南北橫跨的緯度非常大。如果臺灣人前往福建、廣東還不難理解，因為距離近，也是臺灣漢人原鄉。相對之下，滿洲國不僅距臺較遠，也不如廈門語言可通。

那麼，臺灣人何以前往滿洲國呢？簡單來說，滿洲國提供許多升學、工作機會，即便與臺灣距離遙遠，許多人仍趨之若鶩。所謂的升學機會，具體來說如建國大學、滿洲醫大、新京醫大、哈爾濱醫大，都可看到臺灣學生的蹤跡。過往，中央研究院臺灣史研究所的許雪姬教授至少整理出二十七名就讀建國大學、一百二十七名就讀滿洲各醫學校的臺灣人名單。試想，如果這些人不前往滿洲，依照當時臺灣島內教育體制，醫學校名額有限。[1] 如此也促使許多人將眼光放向島外，除了日本本土之外，滿洲國就是一個不錯的選擇。

除了求學，許多人可能應聘於會社而前往滿洲，或是在滿洲發展順利，引介自己的親人前來發展。以高雄美濃人傅慶騰為例，他自臺南高等工業學校畢業後，考入南滿洲電氣株式會社。傅慶騰在滿洲十二年，當戰後蘇聯軍南下，他在俄國人脅迫下，協助拆卸發電所設備，以利俄方運回境內使用；[2] 臺南人黃文生，先是前往姨丈簡仁南在大連的「仁和醫院」擔任助手，之後離開醫院，前往東京進修後，再回到大連大信洋行工作。[3] 傅慶騰與黃文生的經歷，是許多臺灣人前往滿洲的模式。除了民間之外，滿洲國政府中也有不少臺人，如外交總長謝介石、溥儀醫師黃子正等人，都是具有代表性的例子。總之，日治時期臺灣人在滿洲國的故事非常精采，有興趣可參考許雪姬教授的相關著作。

滿洲國不僅是臺人新天地，二戰末期也未如日本與臺灣頻繁遭受空襲。滿洲國何時開始遭受空襲呢？答案是一九四五年八月九日以後，蘇軍大量南下，滿洲國境內才開始遭到空襲。與此同時，臺灣人在滿洲國的命運開始變化。當時蘇聯軍進入滿洲國拆卸工業設備、收刮財物、姦淫婦女等。在此過程，有人得以幸運返臺，也有人因情勢所迫，留置當地。而身處關東軍中的臺灣人，如我的祖父陳以文，則在蘇軍的誘騙下，與日本同袍們在不明就裡的情況下搭上前往西伯利亞的火車，成為俘虜。

我祖父與《不毛地帶》主角壹岐正一樣，都在泰舍特勞動，他先是在農場，後來又去鐵道隊（鋪設鐵道），經過兩年多的勞動，好不容易返抵日本，卻在此時才知道，自己早已不是日本人。日本人抵達舞鶴之後，只要兩、三天即可返家，而我祖父則是一波三折，經過五個多月才返抵故鄉。

如果要追根究柢，確認到底多少臺灣人在西伯利亞的話，可先根據舞鶴引揚援護局的資料，該資料記載一九四五～一九五八年間，一共有二六八六名「非日本人」從納霍德卡搭乘引揚船在舞鶴港上岸。此「非日本人」即包含朝鮮人、臺灣人、南方出身者（戰前日本在東南亞的屬地）。

那麼，要如何知道其中可能有多少臺灣人呢？若依照韓國「シベリア朔風会」（韓國西伯利亞拘留者社團）資料顯示（二〇〇四年），直至一九四八年十二月，活著回韓國的西伯利亞拘留者共有兩千三百人。[4] 若再依韓聯社公布的兩千人來推算（二〇一〇年）。[5] 顯示在這二六八六名「非日本人」當中，至少兩千至三千是韓國人。若將二六八六減去二〇〇〇或二三〇〇，那臺灣人的數目就在三八六至六八六這個區間，不至於上千。目前我所能掌握姓名的僅十四人，分別是陳以文、陳忠華、葉海森、蕭瑞郎、龔新登、唐中山、彭武進、南善盛、湯守仁、許敏信、吳龍山、吳正男、賴興煬、賴英書。[6] 希望有朝一日，我能掌握所有人的名字，呈現臺灣人在西伯利亞戰俘營的全貌。在此之前，讀者們請先跟著李璐的筆觸，進入《雪的俘虜》的世界吧。

（本文作者陳力航，宜蘭人，成大歷史系學士、政大臺史所碩士、東京大學外國人研究生，現為獨立研究者。學術專長為日治時期臺灣醫療史以及臺灣人海外活動史，著有《零下六十八度：二戰後臺灣人的西伯利亞戰俘經驗》。）

1 許雪姬，〈日治時期臺灣人的海外活動——在「滿洲」的臺灣醫生〉《臺灣史研究》第 11 卷 2 期（2004 年 12 月）；許雪姬，《日治時期臺灣人在滿洲的生活經驗》（臺北：中央研究院臺灣史研究所，2014）。

2 許雪姬訪問，許雪姬、鄭鳳凰、王美雪、蔡說麗、李定山、何金生、李謀華、傅慶騰紀錄《日治時期在「滿洲」的臺灣人》（臺北：中央研究院近代史研究所，2002），頁 547。

3 許雪姬、林丁國、黃子寧等訪問，藍瑩如等紀錄，《日治時期臺灣人在滿洲的生活經驗》（臺北：中央研究院臺史所，2014），頁 377-403。

4 舞鶴地方引揚援護局編，《舞鶴地方引揚援護局史》（東京：ゆまに書房，2001），頁 542。

5 http://www.gun-gun.jp/sub/sakuhukai.htm （2022 年 8 月 30 日瀏覽）。

6 https://jp.yna.co.kr/view/AJP20101227000600882 （2022 年 8 月 30 日瀏覽）。

7 許敏信、湯守仁、賴英書為許雪姬老師提供，唐中山為鍾淑敏老師提供。詳見陳力航，《零下六十八度—二戰後的臺灣人西伯利亞戰俘經驗》（臺北：前衛，2021）。

目次

序——關於《雪的俘虜》的歷史脈絡——陳力航

大雪

他以為再也不能回來，於是跪下親吻了土地，昨日剛下過雨，但土地乾燥，有一點鹹味。天氣很涼，他在風中發抖，遠處飄來馬的氣味，人們的靴子很快就踏過他親吻的地方。他想起阿靜，原本以為已經忘了她，他又覺得很對不起她，從基隆港離去以後，一封信也沒寄給她，讓她在臺灣苦苦等候。而他這時就要和幾百個人一同被塞進裝煤的貨車裡，駛向西伯利亞蒼茫的大地。

開往赤塔的車，他四處尋找有沒有東村的蹤影，天真的希望能與東村相遇，也許東村是平安回日本去了。配槍的蘇聯軍官叫嚷著，要他們快點上車，他被擠到車廂角落，呼吸困難，汗水和鐵鏽的味道充滿他的鼻腔，他看著門口不斷有人被塞進來，直到門關上，車廂內一片黑暗，他絕望地想，他的一生結束了。

火車鳴笛，聲音低沉如同基隆港的大船進港。對他而言，以往只要聽到這個聲音，就像聽到錢從天上落下，他會從車行開著車，一路哼歌到港口去。阿靜若是看到他，會從廚房的小窗探出頭，向他揮手。

是內地來的貴重家具，據說有一富商的兒子要到帝國大學念書，用貨櫃給兒子運來許多東西，怕兒子住不習慣。種種流言很容易就在船頭行間傳開，自然他是很樂意聽的，阿靜更是喜歡，他在港口聽說，便回去喜孜孜地和阿靜分享。一面埋頭扒著白飯醃菜，口齒不清地形容車程最終抵達臺北，見到的是多豪華的住宅，阿靜急著向他打聽家具式樣，他遺憾地說，因為都包裹起來，無緣得知那是怎樣的家具。

阿靜和他常常被店裡其他客人取笑，兩人會露出不好意思的神情，在桌下勾一勾小指，尤其他的同業說了黃段子，他的臉更會紅到脖子根去。

阿靜上個月參加女學校同學的婚禮，一行人搭火車到臺北去，在新娘的好意下吃了喜酒，又在北投住了一晚，洗溫泉的時候，每個人都說阿靜你腰好細給我摸一把吧，阿靜紅著臉說，長這麼大，雖然都是女孩子，還沒有人這樣摸來摸去的，真是！她跺跺腳，他還想不出要說什麼安撫，阿靜就說起婚禮如何盛大，同學嫁入豪富之家，也許有諸多不便之處，但對她們這些同學是真好的了……他仔細考慮了結婚的事，阿靜在老闆娘的宿舍住，他也住在船頭行的宿舍裡，沒有房子是不行的，婚禮和喜酒的花費也不可免，他夾了一塊竹筍往嘴裡送，這幾年的存款，單是一個人生活還算有餘，但供給弟弟讀書的錢，還有老母的孝親費，要結婚只得等待賺外快的機會了。

這想法真正付諸實行，是同業阿清要去滿洲，眾人去給他送別的時刻。說是送別，也僅是帶著一些酒和香菸，在碼頭對阿清說幾句話而已。阿清說滿洲的待遇很優厚，他不開卡車，要去當大官的司機，滿洲的大官派人來過幾次，從一大堆慣於粗活的司機中挑出了國語流利的阿清，要給他船頭行三倍的薪水。那天他沒有去，因為深怕被挑中了就得離開阿靜，但若有下次機會，必得把握起來。

機會很快就來了，每週都有滿洲徵人的消息，不論是船頭行還是阿靜的小店，都充滿了這樣的流言。他決定和阿靜商量看看，去滿洲兩年，幫官員開車，其實也是神氣的事，積攢下的錢，作為結婚的基金。

阿靜反對，寧願一輩子不結婚，也不要他離開去滿洲。她看過太多去了滿洲就無消無息的負心男子，她不是說他會負心，是離開本島就斷了聯繫。發生什麼事情誰也不知道，就算死在滿洲，她恐怕還在本島苦苦等待。他費了很大力氣說服阿靜，又找了同業阿松同去滿洲，就算自己發生什麼不測，阿松也會幫忙告知阿靜。如此，阿靜才准許他去滿洲工作。

阿靜放著工作不做，來給他送行，「頭家娘要扣薪水了吧，但我不在乎，若兩年內只能再見你這一面，那我要見！」說完，阿靜緊緊抱住他，船笛鳴響時，才讓他離開，還一面在岸邊揮舞著手巾，直到看不見船的蹤跡。

阿松偶然聽到上船時排在他們之前的幾個女事務員也要前去新京，便走過去，假意碰了其中一人的手臂一下，女孩們驚呼，阿松連連道歉，說自己是從臺北州來，問她們去滿洲國做什麼，「你們幾個獨身女子，去一個人生地不熟的地方，難道不會害怕嗎？」

一個矮個子女孩插著腰說，「這關你什麼事情。」

「好啦，好啦，」一個滿是雀斑的女孩說，「看他那樣子，也不是壞人。」

阿松連忙接著說，「當然不是。」

「哪有壞人會說自己是壞人的呀。」矮個子女孩氣呼呼地說，所有的女孩都跟著笑了起來，阿松打鐵趁熱地說，「有的人壞得明顯，有的人看不出壞在哪兒，卻壞到骨子裡了，有的人從頭老實到腳，我就是最後那種。」

女孩們又笑了起來，其中一人問他也要去滿洲找工作嗎？阿松輕鬆地介紹了他和自己，「我們要去給滿洲國的大官開車哩。」

「我們呀，要去電信會社上班。」那雀斑女孩說。

「有點餓了，來吃點東西如何？」阿松從手提包中拿出柿餅，那是本來要送給介紹人的禮物。

「喂，那禮物怎麼辦？」他開口阻止，沒想到阿松就將包裝拆開來，分給幾個女孩，「不要緊的，也不是什麼好東西。禮物到旅順再買就好啦。」

他本來想說什麼，但又不好意思戳破阿松的膨風，最後便什麼也沒說。

「這樣好嗎?這不是很重要的……」雀斑女孩問道,阿松搖搖頭,塞了一片柿餅分他,「沒關係的,沒關係。」邊說邊重重地拍了他的肩膀幾下,他悶悶地咬著甜滋滋的柿餅,聽到遠處的歡笑聲,轉過頭去看海。

本來還為了搭船而歡喜鼓舞,久了卻發現在船上的日子很無聊,他開始思念阿靜,後悔自己為何要去滿洲國,他沒和阿松說,兩人只是尋常地開了些玩笑,他不習慣那樣的場面,便都在甲板吹風。

抵達旅順後,他將買車票的錢交給阿松,讓他排隊去買票,沒想到他竟然買了不同車廂的車票,阿松吐吐舌頭,「你已經有阿靜了,讓我和那些小姐們相處一下有什麼錯嗎?我們倆大男人坐在一起可不好玩啊。」他奪過阿松手上的車票,一個人找了位置坐下,悶著頭看窗景。

火車開動的時間近了,車廂漸次坐滿,有些壓低了的交談聲,他猜測不是滿洲語就是朝鮮語吧,忽然一個聲音鑽進他耳裡,像是竹劍互擊,那樣響亮而明快的聲音,「這裡有懂國語的人嗎?我找不到位置……」

他左右張望，沒人有反應，他站起來，說，「我來幫你看車票吧。」這時他才看見那人穿著軍服，他暗自納悶，軍人不必來坐三等車廂吧？

「真是不好意思。」對方說，用長滿厚繭的手遞出車票，他瞇眼瞧了瞧，正巧就是他隔壁的座位，那人感激地坐下，「幫大忙了，你也是要去新京嗎？」

「這裡的人十之八九都是要去新京蓋大樓賺錢的吧，」他說，「你呢？」

「我要去讀士官學校，往後會分發任務。」

他上下打量著對方，濃眉、大眼、方臉，似乎比他年輕一些，「軍隊太不像話了，怎麼給士兵搭這種車廂？」

「雖然國家有給軍校生薪俸……但總不好意思花太多呀。」對方不好意思地笑笑，笑容還有些孩子氣，「況且搭火車蠻有趣的，我這是第二次搭。」

「我也是第二次搭，沒想到就要去這樣遠的地方了。」他試圖想安慰對方，「我在臺灣的老家也還有好幾個弟妹要養，不然誰會願意這樣……」

「就是，要是今年又大雪成災，我在岩手的老家也會沒辦法過日子啊……」

「真想看看下雪啊。」

「你沒見過雪嗎？」對方挑眉，一臉驚訝。

他搖搖頭，「這個詞我只有在書裡看過而已。」

「除了下雪還有更好玩的呢，新京不但會下雪，還可以溜冰。」

「溜冰？」他抓抓頭，「抱歉，這詞我是第一次聽到。」

「這可怎麼說才好……」對方歪頭想了想，「這是一種運動，穿著有冰刀的鞋子，在結冰的湖上，像是走路，又比走路有趣多了……我也沒滑過幾次，是到了軍隊才比較有機會，在老家時，冬天老師在結冰的湖上教課，得全班輪著穿五六雙鞋……還沒輪到的人就在旁邊看，偶爾也為同學覺得很著急，心想唉呀怎麼這麼……」對方笑了笑，「這麼笨拙呀……」兩人都笑了，

對方接著說，「輪到自己的時候，其實也是一樣笨拙的……人都是這樣，想

一想也蠻好笑的。」

「結冰的湖……真是沒看過的景象呢。」

「湖水會像鏡子一樣凍起來，小孩在結冰的湖上玩，春天天氣暖，常有小孩不知道冰融了，就在上頭玩，每年總會淹死幾個人。」對方比劃著，「咚地一聲掉進冰得嚇死人的湖水裡……撈上來的時候都沒呼吸了。」

「我的老家則是玩水，夏天日頭正熱的時候，跳進冰涼的溪水裡……」

「我們也是從小這樣玩，一樣每年都有幾個孩子溺死。」也許因出身相近，他對眼前這人不覺有了好感，「我們臺灣會說，孩子被水鬼抓走了。」

「水鬼啊……是河童嗎？」對方好奇地問。

他聳聳肩，「據說水鬼是溺死的人變成的，只要抓到人代替他待在水裡，就可以去投胎。」

「有機會真想去臺灣一遊呢。」臨下車前，對方笑著伸出手，「我叫東村輝，你呢？」

「陳阿明，叫我阿明就可以了。」他報上自己的名字，也和東村握手，那是一雙厚實有力的手，他幾乎被握得發疼，兩人在火車站道別，他前去和阿松會合，阿松興奮地指手畫腳，「那些電信會社的小姐說安頓下來就會和我們聯絡呢！」

他對阿松口中的「我們」沒有興趣，只可惜沒機會聯繫在火車上談得投機的夥伴。他們在大街上走著，一面讚歎著街道的寬敞和整潔，四處林立著有中式屋簷的高樓，天氣比臺灣稍涼，像是秋天，他喜歡這份涼爽，也期待著冬天的雪景。

委託人和雇主已在委託所等待了，是新大樓的建設工程，有宿舍住，也有共食的飯菜，第一個月的薪資，委託人會抽取三成，接下來每個月一成。他從頭到尾都沒有說話，只是默默聽著，倒是阿松在委託人問及他們倆會不會對滿洲的吃食不習慣，阿松回答：「我們做工的，最厲害的不是吃什麼，是特別會吃飯，只要有飯可吃就行了。」說完，雇主和委託人都哈哈大笑，雇主還拍了拍阿松的肩膀，稱讚他一定大有可為。

上工的日子像是認識阿靜之前，無非是做工和吃飯而已。在阿松的提議下，和電信會社的小姐出去過幾次，都是阿松使勁地耍嘴皮子逗笑那些女孩子，他只是跟在後頭走。直到遠遠看到對街一個穿軍服的人，他覺得那背影有些熟悉，想過街去看清楚，對方卻上一臺車走了。自己一個人在床上躺著時，才想到那可能是東村。

他也認識了一些臺灣人，甚至有人組織了臺灣同鄉會，同鄉會的活動沒特別有意思，就是喝點酒，打打牌，阿松老是輸錢，他禁不起阿松的懇求，總會借錢給他。久了他也不再去同鄉會，倒是同鄉會中的阿存和他處境相似，讓妻小在臺灣等候，兩人特別有話聊，會一起上館子吃點餃子，阿存也指點他怎麼寄錢回臺灣，託誰寄信較為可靠。

他有點想回臺灣了，但阿存壓低聲音警告他：「還不是回去的時機，最近最好別搭客輪，聽說沉了好幾艘哩……」

也有謠傳不敗的聯合艦隊吃了大虧，但仔細聽廣播，天天播著擊沉敵艦敵機若干的消息。他沒興趣讀報紙，報紙上寫了或沒寫什麼，與他無關，但香菸和白菜的價格都悄悄地漲了起來。陸陸續續寫了幾封信給家人報平安，家人回信，只說臺灣已經實施配給制度，生活比之前更為困難，這時更需要金錢云云……他雖然覺得煩悶，但也打消了回臺灣的念頭。他沒有心思寫信給阿靜，距離這麼遠了，雖然他知道寫什麼事情阿靜都會感到驚奇與新鮮，但環顧自己的生活——四人合宿的房間和嘎吱作響的床鋪，了無新意的工作，實在找不出一點樂趣來。

隨著秋天的到來，他和阿松花了一些費用治裝，「如果不習慣，可不能逃回南方啊！」雇主這麼說著，給他們一人發了一件大衣。在工地的朝鮮人和滿洲人也多，他也學會了一些簡單的語言，直到開始飄雪那天，他都只覺得是在重複單調無聊的日子，唯一快樂的，僅是看著建築逐漸增高，以及發薪水的日子而已。

第一次看到雪，是在下工走回宿舍的路上，他以為是下小雨，卻不是，四面飄起冰晶，他用手掌一觸就融成水滴。他為此大感驚奇，在路上又叫又跳，過了幾天，當雪越來越大，變成路邊眾人踐踏的髒雪，從屋簷掉進衣領後頭，或大得弄溼衣服時，他一點也高興不起來了。

溜冰場的消息他是在同鄉會聽到的，阿松約他和電信會社的小姐們一起去溜冰，他沒答應也沒反對，阿松看他一副興致缺缺的模樣，就逕自出門了。他一個人在宿舍待著，也覺得沒什麼意思，便出門四處遊逛。

轉過幾條街便是熟悉的餃子館，其實肚子也不餓，但就是不由自主想往熟悉的地方靠過去，才走沒幾步，就撞上人了，他低頭低聲道歉，對方沉默地往後退了兩步，他抬起頭，是餃子館的女給阿菊，講話有點朝鮮口音，對方正直勾勾地看著他，他才想到她好像總是這樣直勾勾地看人。

「聽說隔幾條街的空地有個溜冰場，要去看看嗎？」在他意識到之前，他便脫口而出，阿菊只點點頭，便乖巧地跟在他身後，「你從朝鮮來嗎？」

「對，老師說我的日語說得不錯，可以到滿洲看看……」她頓了一頓，「你呢？你從哪裡來？」

「臺灣。」

「你一定沒溜過冰吧？」她說，「我來的時間比較長，我可以帶你去溜冰場。」說完，她往前走了幾步，和他並肩，這讓她感覺比他原以為的更嬌小了。

兩人有一搭沒一搭的聊著，拐進小巷，就來到溜冰場，他不覺看得出神，人們在冰上滑行、旋轉，這就是東村說的溜冰……

「你在想什麼？」阿菊問。

他搖搖頭，把思緒甩開。

她又直勾勾地看著他，像是檢查什麼似的，「天要黑了，我們下次再來吧。春天之前都會有的。」

「是嗎？」他說，她率先轉身出了溜冰場，他追上去，兩人默默走了一段，她又說，「餃子館就在附近，送我到這裡就好了。」

她對他揮揮手，竄進巷子裡，消失了身影。他走回宿舍，太陽還離地平線有段距離，有人拍了拍他的背，他轉頭一看，原來是阿松。

「我看見你和那個朝鮮姑娘了，怎麼樣，今天好不好玩？」他沒有回答，阿松逕自說，「你記得我在公學校的時候，體育總是全班第一，我很快就上手了，讓那些小姐驚歎不已，尤其是我跟你說過，那個叫典子的女孩……啊，就是那個有雀斑的，我覺得很有希望哩。」

隔天，阿松還在吹噓此事，甚至說若能和典子結婚，他要在滿洲定居下來……他只說了是嗎，便拿了手套，穿上大衣出門了。他走在街上四處張望，記得是在一個小巷子裡，四面被建築環繞……溜冰場上已經有很多人了，地上的冰在陽光照射下閃閃發亮，圍繞著溜冰場，四邊有供人換鞋的長凳，還有冰鞋租借的小販。他著了魔似地走了過去，付出不得了的租金，租了一雙鞋。

他穿鞋穿得手忙腳亂，是旁邊的孩子看不下去，為他拉好鞋舌，束緊綁帶，最後打上蝴蝶結，「好了，站起來吧。」

「真是不好意思。」他抓抓頭，緩緩將重心移到腳上。才剛站起來，就在滑溜溜的冰面上摔了一跤，鼻子貼在冰涼的冰面上，他趕忙把臉抬起來。

「痛……」他慢慢爬起來，摀住鼻子，試圖保持平衡，方才的孩子和同伴輪流用國語和滿洲語取笑他。

他沮喪地坐回溜冰場邊上的長凳，想把鞋子一踢就走人了，卻遠遠看見一個人正在冰上旋轉，他認出那張熟悉的臉，是東村。東村穿著厚重的軍外套，一樣是軍裝，他的腳僅輕輕撇了兩下，就在冰上滑得很遠了，輕盈得彷彿飛行，他的手在光線中揚起，優美地往後伸，像一隻急速飛行的燕子，注意到他的視線，東村滑開兩步，停在他面前。

「又見面了。」東村笑著對他伸出一隻手，「我帶你溜吧。」說完，東村握住他的手，把他給拉了起來，他驚歎對方的力氣之大，又發現自己在冰面上搖搖晃晃，「不要慌，輕輕邁開腳，對，另外一隻，輪流把體重放在左右腳上……」

有了東村的支持，他將精神集中在腳下，卻又差點跌跤，東村在他摔倒前扶住他，「不要緊吧？」

他搖頭，「眼睛要看著前方啊，不要管腳下的事。」東村抓抓頭，「我是這樣想的。」

他試了幾次，總算可以放開東村的手，雖然總覺得兩個男人手拉著手有點古怪，為了學好溜冰，這也是不得不然的吧。他可以理解為何東村喜歡這項運動，儘管初學充滿挫敗與難堪，一旦上手，就會為之著迷，想知道如何才能做出更多跳躍和旋轉。他看著東村滑行，像是在切割水晶，比起自己滑冰，他似乎更喜歡看東村做出那些他做不來的華麗動作。

他們在天黑之前道別，那時他已經可以從溜冰場的一端滑到另一端了。

他單獨去過溜冰場幾次，都沒看見東村的身影，但他越來越著迷於溜冰了，沒多久，他已經可以做出簡單的旋轉，也不再被孩子們取笑了。

一日他在工地被雇主喊去，阿松說他要倒大楣了，但他卻想不出自己有何事做得不盡人意。他停好車，走近雇主，發現對方身旁站著一個身著軍服的高大男子，「你人比較可靠，田中中尉看重這點，之後你就去幫他工作吧。」

他沒問自己該做什麼，反正一定是開車運送東西吧。

「我要麻煩你幫我教會幾個軍校生開卡車，你的薪水如數照付，還會有新的加給，只是希望你無論在軍隊裡聽到或看到什麼，都不要對旁人說。」中尉說，「你是臺灣人？」

「是的，中尉。」

「為我開車的也是臺灣人，往後是日滿一體的時代，你也可能教到滿洲人或蒙古人，但無論如何你得教會他們，這是你的任務。」中尉說，「待會我們開車過去，我會介紹你的學生給你。」

他怎樣也想不到就這樣輕易遇到了東村，東村不若昨天的輕盈，像顆嚴肅的石頭，聽著中尉的訓示，大致上是近來邊界緊張，希望你認真學習，成為立即可用的戰力云云，待中尉離開，兩人坐上卡車，東村才開口：「還有去溜冰嗎？」

「有，」他說，「但我始終弄不懂，為什麼這麼細的刀片可以站在冰上，還可以向前向後滑行？」

東村笑著說，「我也不知道，知道可能就不想溜了吧。」

「我覺得在冰上比較像你。」他脫口而出才覺得失禮，但東村很輕鬆地接口，「身為軍人的我也是我，來吧，你得教會我開這臺車。」

他點頭，「你先看我操作一遍。」

東村思索一會，「似乎不難。」

「不難。難的是怎麼把卡車當成自己身體的一部份，這樣才不會撞到人或東西。」

「你喜歡車嗎？」東村問。

「稱不上喜歡或討厭，是吃飯的工具啊。」他拉上手剎車，「和你換個位置，你來試試。」

東村利索地跳下車，和他交換位置，他又見到東村如冰上那樣輕盈。他愣了一會，才跟著下車。

東村對機械操作並不熟悉，幾次換檔都無法配合他的指示，在空地上走走停停，始終沒辦法好好地轉一圈。直到他感覺轉得頭昏腦脹時，天也差不多黑了，他要東村暫停一會，重新講解了一番。

他重重嘆了一口氣，「還是在冰上比較像你。」

「沒辦法，學習是我的職務。」東村笑嘻嘻地說，「我們明天再來吧。」

「這樣擅自解散可以嗎？」

東村拍拍他的肩，「報告是軍人的職務。」

東村送他到營區門口，他才想起自己方才在意的事，「中尉說的邊界問題，是什麼意思？」

「這我不能告訴你。」東村嚴肅地說，「很抱歉。」

「不，是我不對，我不該問的。」他懊惱地說。

「沒關係，在軍隊少問問題比較好。」東村揮揮手，「明天見啦。」

「我還有一個問題，可以問嗎？」

東村手抱胸，「不要和軍隊有關就可以。」

「你什麼時候會再去溜冰？」

東村鬆開胸前的雙手，抓抓頭，「這我也不知道。下次休假的時候再通知你吧。」

中尉派車載他回宿舍，一進門阿松便問東問西的，他覺得麻煩，就告訴阿松他只是接到了一個無聊的差事，沒什麼大不了的。他被阿松煩得坐不住，出門散心。

他在街上漫無目的地走，險險被馬車撞上，什麼也不想地走了一陣子，才發現自己順著習慣走到餃子館前，他停下腳步，想至少胡亂吃點東西，點單時阿菊認出他：「那桌有另一個臺灣人喔，也許你們認識。」

他定睛一看，那人是阿存，阿存也是一個人坐著，他們叫了比平常更多的東西，喝了點小酒，還在醉意中邀請阿菊改天和他們一道出去走走。她答應了，卻沒訂好時間，他們要離開時，她只面無表情地揮揮手。

回到宿舍時，阿松已經出門了，沒有人在房間裡，他感覺腦袋發脹，躺下來不一會就睡著了。

隔天，他被中尉的車接去和東村一同練習，這次他讓東村直接坐在駕駛座上，指揮他左轉右轉，在營區的空地兜圈子。經過幾週的練習，東村漸能配合他的指示，妥貼地駕駛了。練習告一個段落後，他自豪東村現在雖非能手，也是可以在臺灣的運輸行擔當駕駛的人了。但他也覺得可惜，不知道下一個要學習駕駛的是怎樣的人，又失去了東村這樣可以談話的夥伴。

聽人家說，融雪的時候特別冷，一連好幾天，他被凍得睡也睡不好，某天睡得特別香，起床時才發現不僅雪融光了，連光線不一樣了，他迷迷糊糊地走到外頭，被陽光刺得睜不開眼來，雖然不像臺灣的春天那樣溫暖，但籠罩在眼前的霧似乎突然散開了，他才發現滿洲是一片多大、多遼闊的土地，他可以在街心望見遠方的營區，若是豎起耳朵，似乎還能聽到軍人們齊呼口號的聲音……他想著東村現在不知道在做什麼，一面準備上工。

又過了幾週，當街上的白樺漸漸冒出幼綠的嫩芽時，阿松要他務必去同鄉會一趟，說是阿存找他，他不知道是什麼事，見到阿存才想起來，他們和阿菊有約。日期就是下次的假日，阿存說，我們去城外走走吧，她說那兒有很漂亮的景色。

他和阿存騎腳踏車到了指定地點，左右張望，阿菊卻還沒有來，本來以為被放鴿子，過了不久，看見她從轉角飛快地往兩人所在奔來，跨上一部腳踏車，邊嚷著要他們跟在她身後，逕自往前騎去。

他和阿存跟在她身後，又騎了一段，左拐右彎，兩邊的車馬漸少，距離新京城越來越遠，阿菊像是很開心地哼起了歌，是沒有聽過的曲調，阿存也跟著吹起口哨。

「過了這門就是城外了，」阿菊在牆邊停下車，「我們從這裡開始用走的吧。」他瞇眼眺望城外的景色，一片又一片青綠的田野，幾乎望不見盡頭，遠遠看上去像是水田，但細看就發現青苗都是種在旱土中的，是高粱。遠處似乎有一條河，她得意地指著河，「我們就走去那兒吧！我帶了飯盒，所以遲了一些。」

「離開城內真好，呼吸都輕鬆了起來。」阿存邊說邊伸展手腳，「老是聽著上司說要左轉、右轉的命令，已經厭煩了。」

「就是，」她接口，「明明是小本營生的小店，還得處處看警察的臉色，實在受不了吶，日本人。」

「警察怎麼了？」他問。

「你沒看過嗎？」阿存拍了拍他的肩膀，「老是藉著衛生檢查的名義來討吃的，我看了都為他們抱不平。」

「這表示東西很好吃呀。」

阿菊噗哧一聲地笑了出來，「你這人真是奇怪。」

「他一向都挺奇怪。」阿存說，他沒法反駁，只好抓了抓頭掩飾尷尬。

三人並肩走在路上，卡車不時從他們身旁開過，揚起一陣塵沙。

「高粱我家鄉也有，」阿菊說，「白菜和蘿蔔朝鮮也有，只是完全不是這個味道……」

「你能忍受寒冷嗎？自從來了這裡，我一直覺得好冷。夏天也冷到骨頭裡。」阿存說，「融雪的時候腰痛得要命……」

「我的家鄉也是這麼冷……但空氣呀，水呀，這些東西的味道完全不一樣，新京充滿城市的臭味。」

他接不上話，只好盯著卡車發呆，他發現那些卡車是他和東村開過的軍用卡車後，開始覺得有點奇怪，這麼多卡車要去哪裡呢？東村是不是也在上頭？

「我很想念水田，甘蔗，毒辣的陽光，還有我的妻子……」

「為什麼不乾脆回去呢？」他問。

「噯……」阿菊停下腳步，三人相互看看彼此，「還是新京的薪水好啊。」

三個人都苦澀地笑了，「在新京的時候，一個人孤零零的感覺特別重……像是整天都在發高燒一樣，眼前的東西都看不清楚……」阿菊像剝著橘子那樣輕輕地比著手勢，想把自己的感覺用國語說得更明白些。

「我懂，一個人的時候，連下雪都覺得很悲慘，就連看見臺灣人的臉，也只覺得討厭而已，因為這裡不是臺灣。」阿存附和，「臺灣還有人在等我，這裡一個人都沒有。」阿存推推他，「你也是這樣吧？」

「我……我不知道。」他有些慚愧，除了初來乍到的日子，幾乎沒有想起阿靜，「我喜歡雪，我去溜冰了，溜冰像是……像是去一個新的地方旅行，沒有嘗試過，完全新鮮的東西，在臺灣完全看不到雪的……」他說到雪，話匣子都打開了，「我在火車上認識了一個人，後來我在溜冰場遇到他，他教會我溜冰，阿存哥你該試試看的……」

阿存沒有接話，倒是阿菊開口了，「那你還要再和我去溜冰嗎？我等了一整個冬天。」

「真對不起，」他苦笑，「下次冬天我和你一起去。」

「不要食言喔。」

「你就不會想在這個時節下田去嗎？」阿存問他，「若是在臺灣有多快活啊，這時我還可以在樹下喝點茶，吃些點心……」

「你現在也可以這樣做呀，我帶了點心來。」阿菊亮出飯盒，他們慢慢散步到河邊，找了個角落坐下，打開飯盒，裡面是簡單的飯糰，他們便人手一個抓起來吃。

「不一樣啊，不一樣。」阿存感嘆，「每天每天，重複一樣的路線，偶爾才會開到別的地方，我可以說整個新京都跑遍了，可卻從沒去過新京以外的地方。」

「我啊，沒事就出門亂逛，我對新京鐵定比你熟悉多了。」阿菊說，「你呢？你閒著沒事都做什麼？」

「聽聽廣播，看看報紙，四處走走……也沒什麼特別的。」

「你啊，日子過得真悠閒，」阿存左右張望，壓低聲音，「聽說邊界封鎖起來了，邊界走私東西的人也都被抓起來了。」

「我以為……」

「哎，看報紙怎麼會知道這些，」阿存擺擺手，「如果不是簽了約，早就回臺灣去了……」

「但臺灣已經實施配給制了，情況比我們這兒更嚴峻啊……」

「我很害怕，我的哥哥加入了滿洲的軍隊，他說如果要獨立，在軍隊裡可以幫上大忙，但我害怕更大的戰爭先打起來……」阿菊說，他輕輕拍了拍她的肩膀，「我也有認識的人在軍隊，不要緊的，軍隊看起來很好，他也是一個樂觀的人……」

「是跟你去溜冰的人嗎？」阿菊敏銳地問，他點頭，「他是一個很好的人，有機會介紹你們認識。」

「日本人還是朝鮮人？」阿存問，「沒聽你說過這號人物。」

「日本人。」他心虛地說，「他是我在滿洲認識的第一個人。」

「日本人啊……你不要太信他們，真正不會騙你的，只有我們這些人，因為我們才是被日本人騎在頭上的人啊。」阿存告誡他，他卻沒辦法聽得進去，只想到東村清澄的眼睛。

再走回去時，已經是傍晚了，阿存和阿菊聊得起勁，他只在一旁默默走著，直到回到城內，三個人又去茶館坐了一會才解散。

再見到東村時，城外的高粱田已經逐漸轉成深綠，白樺也長了滿樹的綠葉。他剛結束在工地的工作，正準備騎車回宿舍。東村穿便服，在工地門口等他，「今天我放假，我們去哪裡走走吧？」

他很驚訝東村會來，兩人並肩走在路上，東村等到他們離人群夠遠了，才靠近他耳邊說了一句：「快逃，戰爭要開始了。」

「什麼意思？」

東村望著他一會，「我不能說更多了。你盡快回臺就是。」

「為什麼告訴我？」

東村沒有回答，脫下帽子又戴上，轉身就走，他追了幾個街口，沒追上他，只好回到宿舍，躺在床上想了又想，還是沒有答案。

白樺在酷暑中像發瘋似地拚命伸展枝枒，綠葉也愈發茂密，楊柳青綠的枝條隨風擺動，一連幾天沒有下雨，楊柳顯得有些頹喪。這裡比臺灣還熱，人們也都懶洋洋地，提不起勁來。距離東村的警告又過了好幾週，他還是沒有回臺灣，一方面是簽約還沒到期，不好毀約；一方面是臺灣的來信越來越少，最近幾乎斷了，他判斷臺灣的狀況也不比滿洲好，只能暫時繼續著工作，需要他搬運的建材越來越少，大樓也近完工，完工之後要做什麼，這點恐怕連他的雇主都不知道。

他不能再隨意去城外的田野了，城口的哨警變得很嚴格，軍用車在城裡來來去去，有時還會看到載著整車軍人的卡車，阿菊抱怨食材越來越難買，餃子館的價格也翻了好幾番。

某天，剛起床，阿松告訴他不用上工了，雇主已經跑了，幸好這個月的薪資已經領到，不然就虧大了。房東暫時還收容他們住下，但下個月可能沒有著落，他問阿松有什麼打算，阿松聳聳肩，「三十六計走為上策。先回臺灣再說。」

他姑且同意了，把錢交給阿松，讓他去辦這件事。

隔天，他正要出門，看到門口有人似乎在等人，知道是東村，他率先開口，「你怎麼來了？」

東村皺眉，「我不是和你說過了嗎？你怎麼還在這裡？」

「我……」

東村揮揮手，「你得快點離開。」

「但臺灣可能也……」

「臺灣我不知道，但這裡隨時會變得危險。」

「什麼意思？」

東村嘆氣，「你還不明白嗎？我就要進軍隊了，是防守邊境的主力，這是很傑出的軍團，我也很高興，但我可能不會回來了。」

「但我不能夠……」

「不能什麼？你的家人朋友都在臺灣，不是嗎？」

他一時語塞，「你不能這樣決定我要去哪裡。」

東村有點急了，「不然你還有哪裡可去？」

「現在我上哪裡買臺灣的船票？去旅順的火車票？」

東村把一張紙塞進他手裡，他問，「這是什麼？」

「我只能幫你到這裡。」東村拍拍他的肩，轉身離開，只留下愣在原地的他，他握緊那張紙，是三天後的火車票。

回到宿舍，他整個晚上都睡不著，猶豫著要不要把訊息告訴阿松，那樣阿松一定會要自己一起離開，但他不想離開，儘管東村也要離開了……他從床上坐起身，阿松整晚都沒有回來，他看了看阿松的床鋪，發現阿松已經悄悄收拾行李離開了。

隔天上街時，他發現餃子館關門了，沒有阿菊的消息，同鄉會只剩幾個買不到票的人聚在一起嘆氣，街上還有其他飯館，他付了比平常更高的價格換得一餐，付帳時，摸到褲袋裡的火車票，心裡猶豫起來。

過了兩天，報紙上依然沒有任何消息，他收拾好了行李，反反覆覆地在街上走著，忽然看見「歡送某某君出征」的大旗，街邊站著一群人，正在跟一名穿軍服的年輕男子說話，「明天就要從這裡經過……」他隱約聽到他們這樣說著，他又摸了摸褲袋，決定先別把腳踏車給賣了。

一卡皮箱放在房間正中，他來的時候也就這些東西，臺灣用不到的冬衣便宜賣了，還有一些什物留給下一任房客，他躺在床上，想這是他在滿洲最後一晚，該離開的人都會離開，他不時覷向皮箱，想睡覺卻又睡不著，只要明天騎腳踏車去火車站就成了，到那兒再找地方把腳踏車賣了，或明天賣了腳踏車……他在腦中一一清點物品的清單，決定要留下或捨棄，最後索性打開皮箱，將衣物取出，重新疊好、放回。天快亮他才重新關上皮箱。他把皮箱放到房間的角落，躺回床上，試圖小睡片刻，卻難以入眠。

他提著皮箱到了車站，車站異常擁擠，每個人都神色慌張，他找了一個穿著制服的中年男子問，「明天還可能有車嗎？」對方不耐煩地揮了揮手，「晚一點真的沒有車了嗎？」

男子聳聳肩，「可能吧。沒有人知道。」

他再次看了看車票上的時刻，猶豫許久，最後在男子轉身離開前道謝，提著皮箱離開。

他騎腳踏車到城外的田野去，高粱抽長成人那般高，長出纍纍紅穗，壓得枝幹直不起來，當風吹過，一整片的高粱便會隨風搖擺起來。軍用卡車一輛又一輛地從他身邊經過，上面坐滿了軍人，他細看每個人的臉，尋找東村有沒有在上頭。直到他和東村眼神對上，看到東村訝異的表情，他露出勝利的微笑，東村直直望著他，黑色的眼睛一瞬映出他的倒影，東村乾燥的嘴唇動了一動，似乎想說什麼，他看見東村眼角的細紋，眼神似乎在笑，又像一隻哀戚的鹿那樣垂下眼睛，東村又抬起眼睛看他，他不知道那對眼睛想說什麼，只看見對方劍一樣的眉毛皺了起來，車要開離他的視野前，東村忽然站起來，手在嘴前圈呈喇叭狀，喊著：「千萬保重！」

「你要平安回來！」他喊，東村凝視著他，直到車影漸遠，再也看不見，他雙腿發軟，跌坐在地，包圍著他的高粱，忽然變成一整片紅色的雪。他發現自己淚流滿面，抬頭望向夕色的天空。他想：一定要留下，等待東村平安的消息。

戰爭之必要

東村輝一向不喜歡朝鮮人。無論是報紙上看到的不逞鮮人*，還是開墾農地的、畏首畏尾的朝鮮人，他都不喜歡。他總覺得朝鮮人眼睛裡有刺，那視線像是會刺傷他一樣。當然他是不會受傷的，這些人只是沒有領受過皇國的恩澤，如果朝鮮人能在皇國的庇蔭下多受一些教育，也許就能改善這種野獸般的習性。

臺灣人相對溫和許多，像是一隻忠心的大狗，黑色的眼睛如同清淺的水窪。他想起陳，陳是一個多麼好懂的人，高興就是高興，生氣就是生氣，雖然陳是他唯一認識的臺灣人，但陳確實是個可愛的人。

朝鮮人在滿洲到處都是，儘管說什麼「日滿一體」、「五族協和」，他還是難以忍受朝鮮人身上奇異的臭味。分派宿舍時，他祈禱自己別跟朝鮮人分在一起。

偏偏下鋪睡的是一個朝鮮人，儘管對方改過姓名，東村還是從對方粗野的舉動和某種奇異又不討人喜歡的味道認出香山武俊這個朝鮮人。

注：不逞鮮人是二十世紀初日本人對有犯罪行為和參加反日運動的朝鮮人的稱呼。

香山總是大動作翻身，害整個床嘎吱嘎吱地搖晃起來，儘管經過一天的勞動，他往往睡得很沉，但偶爾還是會被驚醒。換成別人他可能還不會這麼火大，但偏偏香山從入學開始總是把內務搞得亂七八糟，害他和其他人必須被連坐處罰。

香山的眼睛裡也有朝鮮人那種刺，每當要報上自己的名字時，就會沁出毒來。

東村輝非常、非常討厭香山。

儘管香山除了襪子老是破洞，衣領也洗不乾淨之外，是一名優秀的軍人，東村還是打從心底痛恨這人。香山不僅體力過人，射擊也是一流，三八式步槍到他的手上彷彿有了獨立的生命，可以自己瞄準敵人的眉心。

敵人將會是蔣政府和蘇聯吧，尤其是屢次侵犯邊界的蘇聯，那麼龐大的陸地國家，儘管日露戰爭時曾經戰勝這樣可敬的對手，但他也知道那只是軍人的夢而已，最終還是依靠政治手段解決的。東村無數次想像過戰場會是什麼景況，也許手忙腳亂，也許他冷靜自持，也許……面對戰爭，也許每個人都目盲。

在行軍訓練時，他儘可能搶在同伴之前抵達終點，哪怕要餓肚子走上千里也沒關係。東村輝有一個夢，無關五族協和，他希望滿洲就是他的王道樂土，內地狹小的土地養不活他，他被趕出農村，得在滿洲遼闊的大地上用最大力氣活下去。

畢業後成為軍官，成為國家的樑柱是東村的夢想，只能緊抓住每個表現的機會，哪怕是背誦〈軍人敕諭〉這種無聊的差事也要做到最好，他隱隱感覺到，香山和他一樣，要成為日本人中的日本人。

香山平常不太說話，吃飯也是一個人悶著頭猛吃而已，唯獨出現飯桌上出現納豆時，香山會默默把納豆推過去給東村：「就當作是上次的賠禮吧。」

東村一面唸著：「你的賠禮未免也太廉價了吧！」一面接過納豆大口吞下。在軍隊裡總是感覺巨大的飢餓感，儘管每年向滿洲的農民徵收多得驚人的米糧，但年輕軍人的胃袋似乎永遠也不會饜足。東村有時想到日本和滿洲有多少個如他一樣的軍人，就覺得驚悚，這片總是覆滿霜雪的土地真能養得起這麼多如他這樣跑步時、保養刺刀時，乃至於睡覺前，總是能聽見自己的腹鳴聲的士兵嗎？

「少囉唆！」香山扒著飯：「有分給你就不錯了！」

「你到現在還吃不慣呀？」東村好奇道：「朝鮮人不吃納豆的嗎？」

「不吃。」香山覷了他一眼：「真不知道把黃豆拿去發酵這點子是誰想出來的。」

東村扒著飯，不去理會香山的抱怨，成為一名合格的日本人第一件事情就是吃納豆，這也不懂還想成為日本人中的日本人簡直是痴人說夢。

不對，日本是一個將為皇國獻身視為至高價值的社會，所謂皇國呢，即是所謂獨步全球的天皇制度，其實只要傾心相信皇國之神威，人人都可以是日本人。東村想了想，又覺得該對香山說什麼，但香山早就吃完飯離開了。

東村發現，可能只是因為自己坐在香山旁邊，才會每次都分到納豆，香山根本不在乎納豆分給誰，只要納豆被某人吃掉就好。

可能因為誰也沒被香山當作特別的人待見，香山下一號的東村才特別想爭取這個位置。他想看香山恨他恨得牙癢癢的樣子。

這樣的日子還沒有來，他們就要提早從陸軍軍官學校畢業了。據說是因為戰事吃緊的關係。他想起陳，擔心陳還留在滿洲，會遭遇不測，他決心趁下次休假去警告陳。讓陳趕快回到故鄉臺灣。

想到要揮別這片待了一年的演習場，他就覺得有點感傷。但想到進入軍隊後，也許不會再遇見其他朝鮮人，他就感覺輕鬆許多。尤其是香山。

在香山旁邊，會對自己引以為豪的日本人身分開始動搖，儘管他知道終有一天，在皇國的統治下，朝鮮人、臺灣人，甚至支那人的一切差異都會消泯，但他還是難忍香山那種即將爬到內地人之上的姿態，東村也想往上爬，他正是從最底層的農村爬上這個位置的，沒有道理輸給一個朝鮮人。

同樣不是內地人，他不明白為何對陳和香山的態度差別如此之大，也許正因他們來自兩個情狀如此不同的土地吧，臺灣帶著南國的熱情，而朝鮮則比日本更冷一些。來自東北農村的東村把兩個不同土地的人想像成香菸盒上不同風情的美人，才稍稍緩解了心中無以名狀的躁動，覺得舒坦了一些。

如果今天他在軍隊中遇見陳，在火車上遇見香山，他的好惡會改變嗎？東村問自己，卻也沒有一個好的答案，香山把他的心弄得很亂，他只關心香山要去哪個部隊，會不會和自己一起？

過了滿洲的冬季，萬事萬物都在瘋長，高粱長得快比人高，東村依照命令，搭上卡車，離開演習場。

沿途他百無聊賴地看著風景，有一搭沒一搭地回應同袍的葷笑話，直到他看見陳佇立在路邊，像是在等待著他，他睜大眼睛，來不及吐出一個字，卡車轉瞬遠離陳。陳追著卡車，喊著什麼，話語隨風飄散，他一點也聽不到。

陳怎麼還在這裡？為什麼不離開呢？他已經三番兩次去警告陳了，為什麼就是不走呢？東村握緊拳頭，對陳生氣，也是對自己。

陳越來越遠，越來越小，像是一個點消失在地平線彼端。

終於到達邊境線的時候，東村非常緊張，但什麼事也沒有發生。長官平靜地告訴他們，要防範走私份子，除此之外，暫不開火。

東村有些失望，但也鬆了一口氣。他習慣性地望向旁邊的香山，卻發現香山已經不在那裡了。

香山哼了一口氣，東村這才發現，香山在他的另一邊。

因為朝鮮人的關係，香山的成績硬生生被壓到他之後，也因此兵籍號碼緊追在他之後。儘管是軍官，卻還是按照士兵的規矩，在大操場集合。東村本以為進入軍隊就是自己去統率一隊人馬，看來是他想錯了。

士兵們被集合起來，進行千篇一律的講演，他覺得有些無聊，但身在前線的緊張感，讓他不由得豎起耳朵。邊境說穿了只是無邊際的蒼茫大地中，由人類自行劃出的一條線，站在邊境前，只能看見森林和原野，根本不知道自己身在何處，何時會越過那條線。據說邊境線之外，有露西亞的狙擊手，正在等著狙擊越過邊境線的士兵。

戰爭要開始了。戰爭要從他眼前開始了，就連他去警告陳的時候，都還沒有這麼清晰的認識。榮譽、勳章和天皇陛下之類的字眼穿進他耳中，但還來不及捕捉到意思，就越飄越遠，遠得彷彿在海的另一端一樣。

海的另一端是故鄉，而對香山來說——他偷偷覷了眼香山的側臉，香山臉上一點表情都沒有——故鄉的半島更是接近。東村忽然想著，香山會夢到故鄉的山嶺嗎？在那山嶺中，有人在等待他嗎？

這事去問香山也不會得到答案，香山只會輕蔑地看著他而已。直到演講結束，香山都沒有看他一眼。

他不知道香山在想些什麼，如果能夠知道就好了。那樣，也許他和香山就可以變成知心的朋友。

但香山是不願意和他做朋友的，香山不太說話，也許是不熟悉他的語言。

也許香山根本不屑使用他的語言。

他不知道要怎麼開始和香山的對話，只好說：「你今天的納豆要給誰？」

香山聳聳肩：「你喜歡就給你吧。」

「我不是貪圖你的納豆，我只是……」東村有些詞窮，一開始只是為了和他搭話，一時半刻接不上下一個句子。

「日本人圖的東西夠多了。」香山說：「我知道你在想什麼。」

「不是這樣的。」東村說。

香山看著他，搖搖頭：「納豆是你的了。」

東村悶著頭把納豆吃完，香山一句話都不肯說。

午餐之後是演習，東村有時懷疑，在沒完沒了的演習之後，也許是更多的演習。

他想跟香山說些什麼，但香山的話總是淡淡地在他耳邊響起：「日本人圖的東西夠多了。」

他是不是也被列入不知好歹的日本人之中？他想為自己辯護，卻不知道能說什麼。只要他告訴長官剛剛的話，香山就會因不適任軍官而從軍隊離開，但東村不想這樣做。畢竟朝鮮半島原先並不是日本的領土。滿洲也不是。

邊境格外安靜，沒有人類活動的聲音。他以為這樣安靜的日子能持續一段時間，但偏偏上天不能如他所願。

他沒有想過戰爭將會從哪邊開始，事實上，戰爭都是從一些小事開始的。那是他被派去的第一個任務。

他從來沒有想過戰爭會以這個形式開始，不，他早該想到的，戰爭在他被送上前線前就開始了。

那是一次邊境衝突，很尋常的，在報紙上可以知道的消息。

軍隊裡沒有報紙，東村只是循著命令往指定的方向行軍，他注意到這似乎快超過邊境了，但也不知道準確的邊境線在哪裡。四周都是高而深的樹林，每一步都踩在枯葉上，沙沙作響。有些狐狸之類的動物在林中穿梭，發出輕微的戚促聲。他豎起耳朵聽，卻聽不出個所以然。東村不禁想起在學校讀過的童話：兄妹二人被父母遺棄在森林中，在尋找回家的道路時，誤入巫婆的小木屋……如果真有巫婆，他倒願意被巫婆養在與世隔絕的小木屋中，直到戰爭結束。

這絕非因為他貪生怕死，而是他突然對自己是什麼人感到迷茫，不知自己是誰的臣民，而這又有何意義。

香山每天面對的，也是這樣的世界嗎？

他想知道香山是什麼樣的人，將要前往何處。但香山只會哼一聲，說：「跟你一樣。」

東村知道他心裡不是那樣想的，卻也無從證實。

高聳入雲的杉樹覆滿了整個山頭，他們來此剿滅一個總是趁黑夜殺死士兵的游擊隊。

香山站在他身旁，手握三八式步槍，面對不知道在哪裡的敵人，就連香山都繃緊了神經。

邊境的游擊隊最是難纏，更糟糕的是，他可以想像那些人都是心志堅定的農民，就算拿著鋤頭和耙子也想打破他的腦袋。

但香山真能如願證實自己是一名合格的日本人嗎？他想像那群人一湧而上時，香山要如何拿著步槍把操著同樣語言的同胞一一射殺。

對，戰爭僅是他這個日本人的戰爭，現在的香山殺了他，加入游擊隊最是容易。

風聲中藏著腳步聲。

他額上冒出冷汗。

越來越近，他還來不及反應，香山就以迅雷不及掩耳的速度開了槍。

帶頭的人倒下，後頭的人們先是一愣，緊接著也跟著開槍，有的人撲了上來，東村恢復神智，一個接一個開槍，敵人一一倒下，他來不及看清他們是否長著跟香山相似的臉。

香山像顆巍然不動的大石，他花在瞄準上的時間極短，很快就打穿了敵人的眉心。東村自然也想爭取這樣的榮譽，他端起步槍，扣下扳機，直到樹林恢復原來的寂靜。

更多的軍力支援來到，他們包圍了整個山頭，搶下敵人的槍，將敵人按倒在地，捆上繩索。那些作亂的朝鮮人將被帶回審問，以了解背後是否有更大的勢力介入。

「你為什麼那麼晚才開槍？」香山難掩慍色，見他不回答，又重複了一次。

「我不知道。」他說。

「敵人就在那裡，不要對他們有同情心，那樣我會看不起你。」香山從鼻子噴了一口氣：「我聽說你是個好軍人。在戰場上也不過是個沒有判斷力的懦夫。」

「你說什麼？」他一把抓住香山，香山冷笑：「沒有人可以告訴你什麼時候該開槍，你最好趕快認清這點。不然就回媽媽的懷裡吃奶吧。」

他出拳往香山臉上揍，香山一把抓住他的拳頭。他想抽回手，卻被死死抓住，抽不回去。兩人怒目而視，直到曹長大喝一聲，香山才悻悻然放開他的手。

「搞什麼！」曹長大吼：「這是戰場，可不是酒館！容不得你們小家子氣地幹架！」

「立正！」兩人心不甘情不願地立正站好，曹長吼道：「回去隊伍裡！這次先不跟你們計較，下次再犯，就是軍法審判！」

香山站在他的身旁，低聲說：「懦夫。」

「不准妄動！」曹長說道：「誰再開口，我打斷他鼻梁。」

曹長環視眾人，點點頭：「今天就到此為止！收隊！」

回去的路上不是急行軍，東村跟著隊伍，心不在焉地移動腳步，落葉飄下，他回憶著方才的一切，在腦海中重演一次，又一次。他記得槍的聲音、溫熱的血的觸感、那些人倒下的樣子，他們驚慌的神情，卻記不清他們的臉面。這就是戰爭，這就是殺人，儘管他被教育要為國家、為榮譽而戰，但他還是一陣驚慌，四周的同僚也都是嚴肅而沉默的面容，沒有人說笑，曹長也沒要他們唱軍歌，就這樣靜靜走到駐紮的營地。

香山連野炊時都沒說過一句話，不聲不響地吃著沒有味道的米飯，米心沒有熟，咬起來硬得可以，他也沒有多說什麼，倒是鄰兵一直抱怨。曹長要他們閉嘴，專心吃飯。

東村不知道香山在想什麼，難道他真的是忠心耿耿的帝國軍人嗎？他不相信，東村覺得自己總有一天會證實香山的狡猾與不可靠，只是他還沒想好揭露的方法與時機。

他殺人了。他殺死了許多不知姓名的朝鮮人。他想說服自己，一切都是為了皇國的榮譽，但這些人的武器簡陋，乃至於衣著也很寒酸，他們看起來並不是軍人，並不如他一樣專為殺人而受訓，他們甚至沒有訓練，只知道往前衝，也不閃躲。

這是罪嗎?他用力搖頭驅散內心所想,勳章和榮耀等等華美的詞藻都離他好遠,他好像一個人孤獨地被拋在黑暗中,一口一口咀嚼著。

他本想繼續思索這個問題,沒想到一躺下來,枕著自己的軍帽,還是立刻進入了深沉的睡眠,直到被同僚搖醒,喚他值夜。

他迷迷糊糊地爬起來,依稀記得自己做了一個夢,那時自己還小,在村旁的溪裡玩水,突然猛地一沉,腳被人抓住,往血紅色的水底拖,他在河底看見許多模糊的、沾血的臉。他戴上帽子,穿好衣服,爬出帳篷。外面的寒冷不禁讓他渾身一縮,打了個冷顫。吐出的氣體成了白霧,他搓搓手,拿好步槍,走向崗哨。

月光亮得出奇,他抬頭一看,是滿月,杉樹的樹尖伸得很長,看起來像是爬上頂端能搆到月亮。樹影幢幢,落在他身上,使他看起來像是亟欲復仇的鬼魅。

森林的夜半無人走動,他盯著前方,不一會就感覺有點無聊了。但樹林裡只要有一點風吹草動，他就會立刻警戒起來。

那隻狼出現的時候悄無聲息，他會看見狼，也是因為狼的眼睛反映著月光，讓他不由得將視線轉向那兒。

他看見了狼，狼也看見了他。狼輕輕吐了吐鼻息，噴出一陣白煙，狼往前走了兩步，在他面前百尺停住，他很緊張，他知道這邊有一隻狼，就表示旁邊至少還有十來隻，如果狼撲上來，絕非他一個人可以應付得了的。他看向對面崗哨的鄰兵，卻發現對方站著睡著了。他握緊了槍。

狼灰色的毛皮上覆著雪，一定是從山上下來的，狼只是用牠黑色的眼睛看著他，噴了口氣，轉身，慢慢走回樹林中。狼輕蔑地看了他一眼，吐出白煙，他這才想起，自己身上可能還沾著朝鮮人的血。

遠方傳來狼嚎，聽起來像是四面八方都呼應著那隻狼，連月亮也發出嚎叫。

鄰兵驚醒，左右張望，作勢要對遠方深不見底的黑夜開槍。他比手勢要對方停下，對方困惑地看著他，好半天，他才說：「今夜月色很美。欣賞一下吧。」

鄰兵狐疑地看著他，竟也抬起頭看向滿月。

遠方傳來鐘聲，他看看手錶，時間到了，便去找下一個哨兵。

下一個是香山，他看著香山熟睡的側臉許久，才把香山叫起來。香山的嘴唇無聲地動著，像是說著家鄉的語言，他好想知道香山做了什麼夢。

他輕聲叫香山起床，香山睜開眼睛，一骨碌爬起身，淡漠地看了他一眼，離開帳篷。

他睡下，又開始作夢，夢見狼在溪中泅泳，醒來之後，什麼都不記得了。

聽到起床號時，他睜開眼睛，爬起來，穿戴好裝備。出了帳篷，天色還很暗，他抬頭，沒看見太陽，灰色的雲兀自在空中飄著。軍隊在空地集結，準備行軍。

軍隊往前移動，像隻巨大的蜈蚣，他們每個人都是蜈蚣的一足。

「那邊那條河過去就是朝鮮了。」香山小聲地說。

他抬頭，雲霧中有一座大山，連綿的山脈一路延伸到左右兩邊的視野都看不見的盡頭。

「那這座山呢？」他問。

「那是白頭山啊。總是積著雪的。」香山說：「真希望我妹妹也可以看看這景色。」

「妹妹？」東村感興趣起來：「這是你第一次提到她。」

「她在滿洲工作，賺錢供我們的四個弟弟妹妹上學。」香山說，抓抓頭：「在戰場上想起家人，真是懦弱的表現啊。」

「那麼，大部分的人都比你懦弱百倍吧，也有人半夜會在棉被裡看著家人的照片哭泣。」東村說。

「唷，該不會是你吧？怎麼知道得這麼清楚。」香山不無嘲諷地說。

東村從鼻孔噴了口氣，才接觸到空氣便化做白煙：「夜哨的時候看到的。」

香山聳聳肩：「要哭是你家的事，你不要在戰場上發呆就好。這會害死我們。」

為什麼這人講話總要帶刺呢？東村撇過頭，不予回應，在這時能招呼香山的只有拳頭，可是一旦動手動腳，自然是免不了一頓罰的。

更何況現在在戰場上，一定是軍法論處。

香山見他沒有反應，也沉默下來，安靜往前走。

今天的任務是護送軍用品回到營區。

說是軍用品，但其實從沉重的木箱和周遭人的小心翼翼與層層警戒，連最愚魯的士兵都能猜到那是什麼東西。

軍人是絕對禁止使用的。

阿片。

若是打開箱子，裡面估計是一麻袋一麻袋泥土似的東西，這些東西會被送到新京偽裝成料理店和妓院的鴉片館去加工，變成膏狀。他聽說這些阿片、海洛因都碰不得，吸食海洛因的人就算本來家財萬貫，也會淪落到凍死在新京的街道上，變成官員表格上的一個小小數字。

更多阿片要送去支那，送去天津、上海，給朝鮮人和臺灣人去銷贓。畢竟這些人也是皇國子民，中國政府——無論是哪一個政府和軍閥——都管不到。

他們抬著箱子，警戒地看著四周，然而什麼都沒有發生，沒有人從充滿霧氣的森林衝出來打劫，箱子也沒有突然爆炸。他們把箱子一箱一箱搬上卡車，卡車和他們會一起駛回營區，進了營區，那些阿片就安全了，自然會有麻藥管理處的人來接手。

那他們呢？回到營區就安全了嗎？

新的命令下來了。

回到營區後，他們得轉調其他單位，至於是什麼單位，暫時還是祕密。但總之應該是調至華北作戰的師團吧，也許會到南洋之類，更南邊的戰場去。中國真是一個遼闊的國家，東村想著，就算占領了一半，也還有另一半，不知道戰爭什麼時候會結束。就算打到天荒地老，他老得不能動了，也許還會繼續下去。

「緊急集合！緊急集合！」才想著回營區後會有什麼新命令的他，聽到曹長的吼聲忽然回過神來，緊接著身體便自己動了起來，扛著三八式步槍，跑向聲音的來源。

「是偷襲！」曹長邊吼邊開槍：「是馬賊！」

他找了個掩蔽，架起槍，一一瞄準，發射。

卡車駕駛正艱難地在狹小的腹地繞著圈，想把掛在卡車上的馬賊都甩掉，森林四處竄出火苗，他看見一個馬賊就殺一個，他們就算撲過來，他也有自信可以用刺刀給他們致命一擊。

沒有子彈了，他握緊刺刀，抱著步槍滾進樹叢中。

「香山？」他看見熟悉的、冰冷的臉，突然覺得有些無以名狀的情感在湧動。

「安靜。」香山一如往常地招呼他。

「我沒有子彈了。」他壓低聲音說。

香山將一把子彈塞進他手心：「這是一半。」

「什麼一半？」他問。

「我一半，你一半。」香山回答。

「就這樣？」他問。

「是。」香山聚精會神地瞄準著，開槍，一個支那人從卡車上跌下來。

「這是我僅有的同袍愛。」香山裝填子彈。

「這愛有點少呀。」他半開玩笑地說，引來香山的怒目。

「我呀，好不容易學會了國語，離開朝鮮，來到滿洲，我不會輕易死在這裡。」香山握緊拳頭低聲說：「我總有一天要回朝鮮去！」

支那人並不是裝備很精良的軍隊，人數漸漸少了，而地上的死屍越來越多。

曹長臉皺成酸梅狀，用手槍射擊了幾個馬賊，接著慢慢往瘋馬般轉著圈圈的卡車方向靠近。

卡車駕駛看來是完全慌了，撞倒幾個馬賊和一棵松樹之後，終於停了下來。

曹長小心地靠近卡車，把臉色蒼白的駕駛拖了出來，吼道：「在搞什麼東西！」

「我不知道……突然就發生了……他們上來……」駕駛結結巴巴地答道。

曹長在卡車旁繞來繞去：「看來車是沒壞。」

「集合！」曹長喊道。

他們從躲藏處慢慢走出來，一一報數，讓曹長清點人數，有十數人受傷了，醫官正忙著照護。卡車駕駛依然呆坐在地。他和香山毫髮無傷。

「這下傷腦筋啦。」曹長走近他和香山：「你們受過駕駛的訓練吧。我會給你們地圖，也會有武器兵力，把這些東西送回去吧。」

「記住，千萬別用這些東西，也別想私藏一些起來，會惹禍上身的。」

曹長意味深長地說。

他久違地坐在駕駛座上，想著陳的事情，不知道他現在如何？有無平安回返臺島？戰爭從滿洲國成立之前就展開了，他想，現在的自己也不過是戰爭的一個小齒輪，推著巨大的機器繼續前進。而他能操縱的，也許就是這臺路線早被定好的軍用卡車。

他流暢地換檔，切換方向，但他也知道自己只是在歷史中扮演一個微不足道的角色，如果他不幸死去，甚至可能連名字都失去。

香山坐在副手席，面無表情地端詳著地圖，指示他要左轉還是直行。森林中有一條軍用卡車走出的小徑，只要沿著小徑開，大致上不會出什麼錯。

「你說你要回朝鮮去。」一個轉彎時，他為了打破車廂裡凝固般的沉默，開口問道：「回到朝鮮要做什麼呢？」

「人都想回故鄉的。你也是吧。」香山冷冷地說。

「如果不是榮耀地回到故鄉，那我情願死在這裡。」他隨口說道。

「不，不能說這種話。」香山嚴肅地說：「不管怎樣，總是要回故鄉的。

就算你死了，軍隊也會把你的骨灰送回去。」

「那也已經沒有意思啦。」他說：「人都死了還能有什麼意義？」

「沒有人在家鄉等你回去嗎？」香山看著地圖說道：「沒有人會掛念你嗎？」

他沒說話，車廂中只剩下轟隆的引擎聲，他聽見後頭車篷內的士兵正在討論新京的露西亞妓女。

過了許久，他才說：「我不能回去，已經沒有我的容身之處了。」

香山點點頭：「有機會的話，真想介紹我的妹妹給你。」

「為什麼？」他笑了出來。

「我妹妹啊，還在新京的時候，我常常去找她。」香山的表情稍微柔和了一些：「她就像是身邊有一圈朝鮮的空氣一樣，靠近她，整個人都會快活起來。我想讓你體會一下那感覺。」

「我以為你最討厭日本人了。」他半開玩笑地說。

「你在這片五族共和的王道樂土上說這是什麼話啊？」香山面無表情地說：「接下來往右轉，火車站就在前面。」

他們抵達時，一列貨車正要進站，火車站也有與他們穿著相同制服的軍人，東村和香山簡單做了交接，卸下貨物，便和後頭車篷的士兵一起準備回營區去。

輕到不能更輕的咻一聲，他本以為是風聲，但走在他們之前的士兵忽然倒了下來，子彈貫穿後腦，打在地上，製造出一個彈孔。

「找掩護！」香山大喊，滾到卡車後頭，他知道香山想做什麼，他也是這麼想——回到卡車上，開車回去覆命。

敵人似乎在很遠的地方，反應比較慢的士兵一一被狙擊，卡車上也都是彈孔，他檢查油箱，油箱上沒有彈孔，似乎還安全。他從死去的同袍身上摸了一把槍，緊握在手上。

身穿破爛軍裝的支那士兵現身，逐一尋找活口，他則得和香山找機會殺出包圍網。但支那士兵的人數比想像中多，很快地，敵人便包圍了卡車的一側。

香山悄悄移動到車廂附近，打開車門，從副座移到駕駛座，並使了個眼色示意他快點上車。他才上車，就聞到香山身上那股醃漬物似的臭味。

「沒時間了。」香山說著，用力踩下油門，打到最高檔次，卡車立刻像是瘋馬一樣跑了起來。

支那士兵追不上他們，用支那語大聲吼著。他正覺得有點得意，突然，碰地一聲，玻璃車窗上出現了一個彈孔。

然後又一個。

又一個。

他發現看來都是瞄準駕駛而來的，雖然香山緊急改變方向，但那個狙擊手還是幽魂般一直追著他們，尤其是香山。

他知道該是做出決斷的時候了。

東村輝一向不喜歡朝鮮人。

但他將為了一個自己並不喜歡的朝鮮人而死。

他撲上前去，擋在香山武俊的面前，代替他遭受槍擊。

死前一刻，他想，香山會知道，日本人並非只會掠奪的怪物，也有如他一樣，為了高尚理由犧牲的人。

他不知道香山會不會理解，至少，他往後再也不怕朝鮮人的視線了。

若果時間倒流，他想回到陳為他送別那刻，跳下卡車，告訴陳，他哪裡都不會去，要和陳一起回去臺島。

時間確實跑起來了，他漸漸往後退，他看著子彈向後飛去，退回槍管，退回膛室，所有人——包括他自己——慢慢後退，他睜大眼睛。

這樣退後會退到什麼地方去呢？他好奇。如果可以退回娘胎，不要出生就好了。來自貧窮農村的他，生下來只有受苦的分。他在農村受苦，在軍校受苦；在日本受苦，在滿洲也受苦。

他終於知道母親為什麼虔誠地拜神了，人活著就是要受苦，如果誠心敬拜可以少受一點苦痛，那也是相當合算的。神啊，他想著，讓其他人少受一點苦吧。神啊，如果就要死了，把東村輝的福分給陳、給香山，讓他們少受點苦吧。

讓臺灣人和朝鮮人都少受點苦吧。

這是東村輝想著的最後一件事。

原鄉人

穿過種植高粱的遼闊田野，鐵軌兩側陸陸續續出現了城鎮，看起來規模不大，簡直像是沿著鐵路長出來的。也許是因為鐵路建設才開始繁榮起來的吧。離開新京以後，才發現滿洲的大地是如此遼闊，幾乎看不見盡頭。城鎮一眼望穿，後頭是森林或蠻陌的土地，有時也有農田。

簡阿松看著自己在車窗上的倒影，一邊聽著車廂中的呼喝聲，想著自己為什麼在這裡。

車廂裡的人似乎是在玩骰子賭博，發出一陣陣吆喝，阿松聽不懂他們在說些什麼，也不關心他們在吃什麼，他只想關上自己所有的感官和好奇心，祈禱火車盡快抵達北京。

在新京往奉天的車上，他已經為自己無用的好奇心吃了許多苦頭了，但如果不是這樣，也許不會遇上黃醫生。黃醫生坐在他身旁，好像什麼事都沒有發生過似的，低頭翻閱一本密密麻麻爬著蝌蚪般文字的書。

有鑑於新京的狀況越來越糟糕，他想返回臺灣，但據說搭船危險，他決定先去北京晃晃，等待機會搭船回去——原本的計畫是這樣的，但他完全忘了，自己只認得一些漢字，小時候在私塾所學的漢語完全派不上用場。現在只希望他能一直跟著黃醫生，至少黃醫生是個好人，不僅通曉漢語，還會吟漢詩。

他完全不理解，飽讀詩書的私塾先生口中的祖國為什麼是這樣髒亂、吵雜、龍蛇共處的三等車廂。

他本以為往奉天的火車上發生的，已經是他這輩子能遇到最糟的事情。現在，他總隱隱覺得還有更糟的事情要發生。

黃醫生的指尖又翻過了一頁，似乎完全不受嘈雜的環境影響。他真羨慕黃醫生，黃醫生的神經鐵定粗如鋼筋吧。就連在往奉天的火車上時，黃醫生也只是鎮定地為病患們治療。但那感覺真是太糟了。

阿松看著坐在對面的年輕夫婦，一開始還有說有笑，慢慢沉默下來，眼神逐漸渙散，最後像個破布娃娃一樣倒在車廂的地板上。他喚來一位穿著制服的高大鐵路警察，警察再把一位穿著西裝的中年紳士帶來，喊著：「醫生！這邊！」醫生拍肩呼喚他們，丈夫發出了豬一樣的叫聲，妻子則毫無反應。

「看他們的車票，是從熱河來的。」鐵路警察說。

「糟了。」醫生面無表情，皺起眉頭。醫生要阿松幫他從手提包裡拿出一些器械，熟練地上手套，要阿松與鐵路警察聯手脫下丈夫的衣服，翻過身去，醫生伸手從肛門取出了一串像是黑色腸子的東西。

鐵路警察露出恍然大悟的表情：「肯定是走私販子吧。」

「什麼意思？」他問。

「這裡面是阿片啊，」醫生邊說，邊從妻子的肛門也取出一串黑色腸子似的東西，仔細端詳：「封口的方式不對，阿片的成分都被身體吸收了。」

「那該怎麼辦？」他問。

醫生搖頭，轉身輕聲吩咐鐵路警察，鐵路警察答了聲好，連忙走了開去。醫生為他們注射，一邊搖頭：「真是要錢不要命。」

好幾個穿著制服的鐵路警察來了，在臨時停靠的車站把這對夫妻抬下車。

「那兩個人會死嗎？」他問。

「看來是凶多吉少。」醫生搖頭。

他們兩人在車廂中站了一會，阿松才想到要回原來的位置坐下，但他總覺得心裡頭有點疙瘩。醫生也跟著坐在他對面，原本那對夫妻坐著的座位上。

「見義勇為，您真是位好青年。」醫生伸出手：「我姓黃，是臺灣來的，之前在滿洲醫科大學教書。您講國語的口音很特別，您也是臺灣人嗎？」

「是的，我叫簡阿松。您叫我阿松就可以了。」他伸出手回握：「我本來在滿洲當司機，在臺灣的時候，在船頭行工作。」

黃醫生瞇起眼睛笑了：「他鄉遇故知，真好，想不到在滿洲廣大的土地上可以遇到臺灣人。」

看著黃醫生的笑，讓阿松有些不好意思起來，老實說他也沒做什麼，只是通報了鐵路警察而已，任誰都會這麼做的。

「可不是誰都會這麼做的。」在簡單的寒暄過後，黃醫生嚴肅地對阿松說：「有些人怕麻煩，會避開這類事情。您做得很好，再晚一點，那兩個人可就回天乏術了。」

「但您說他們可能凶多吉少？」阿松問。

「是啊，」黃醫生說：「沒通報的話，連救都不用救，直接準備棺材就好。」

火車轟隆轟隆行駛在荒原上，阿松問：「黃醫生要去哪裡呢？」

「北京。等到了終點站奉天，再轉搭往北京的車班。」黃醫生說：「想去拜訪北京的朋友。」

黃醫生壓低聲音說：「情況不好，去了北京，之後就得想辦法回臺灣啦。」

「真巧，我也是這麼想的。」阿松喜出望外，有了黃醫生這個可靠的旅伴，也不用擔心在北京舉目無親，只是不知道黃醫生願不願意多一個人跟著自己。他正琢磨著要怎麼跟黃醫生開口，黃醫生哈哈笑了兩聲，說道：「我正好需要一個品行端正的年輕人來幫我的忙，如果阿松不嫌棄我這囉唆老頭，那往後還要請您多指教了。」

「好，好，太好了。」阿松激動地跳了起來，握住黃醫生的手：「我願意為黃醫生做牛做馬，請您務必盡情使喚我。」

說了這些話的阿松，在往北京的火車上，稍稍感覺到一點後悔。任憑周遭如何吵鬧，黃醫生都沒有露出任何一點不耐煩的神情，只是靜靜地看著書。阿松想，這大概就是受過高等教育的紳士才有的樣子吧，自己修為不夠，只能不耐煩地用手指敲著車窗，希望火車開得再快一點。

火車駛進城鎮，用北京話廣播，黃醫生闔上書，伸了個懶腰，說：「北京終於到啦。」

終於無事抵達北京，阿松感覺心情輕鬆許多，多虧了黃醫生，不時跟他攀談幾句，才能讓他在煩悶的旅程中，感到一絲快活。博學多聞的黃醫生，講起阿松這種人一輩子都沒有機會接觸的高級筵席，講得阿松口水直流。黃醫生也說到還在臺灣的時候，去了有女給的咖啡廳，那兒的女給如何漂亮，玉米濃湯又是如何美味。

黃醫生果然出身於世家大族，那兒的世界是阿松這樣的普通人難以想像的。阿松這樣想著，一邊為黃醫生提起行李，走下車。

北京車站很大，大概是基隆車站的十倍不止，漂亮高聳的洋式建築，讓阿松看傻了眼。黃醫生笑著說：「天子腳下，果然氣派得很。」

阿松本想說現在只有總統，沒有天子，但話到嘴邊又縮了回去。黃醫生是如此明理的人，總不會不知道這點吧，還是別說出口，免得給黃醫生笑話。

也許黃醫生也是和阿公太一樣，對中國有所憧憬的人吧。

阿松認為整個家族長壽的長輩們都被阿公太弄得有些頑愚，不要說阿公太了，阿公還曾經阻止阿爸去上日本人辦的學校。阿爸本來有機會再往上念，只是阿公和阿公太不准，只能用著小學校的學歷在鄉里混一口飯吃。

是到阿爸的時代，上過學的阿爸腦子才比較清醒，要阿松好好上學，可惜阿松不是上學的料，早早離開學校，考取了駕照，在船頭行工作。

阿松自己已經當日本人近二十個年頭了，他想，自己還會繼續當下去的，也許到死都會是個日本人。但從小，阿公太就喃喃唸著要孩子學漢文、不忘本，即使阿公太老得幾乎不能動了，也還是時間一到，就在屋裡嚴厲地喊著要孩子們去私塾學習。

據說阿公太曾經用火槍射穿許多日本軍官的胸膛，是有名的神射手，他為了領導族人對抗日本軍隊進來臺灣，帶著整個家族躲進深山，埋伏著，等待哪天日本人經過，就要給日本人致命一擊。

最後日本人控制了全島，阿公太見大勢已去，乾脆隱居在山裡不出來，也不要孩子下山。阿爸是警察帶著公學校的老師來，千萬拜託之下，阿公太才長嘆一聲，放他下山去唸書的。

時代在改變。阿松想，要是他以後不再是日本人了，不知道到時候自己會怎麼想，但到時候，若阿公和阿公太地下有知，應該會快活地笑出來吧。

阿公和阿公太，是不是想要像他一樣在北京的街道上漫步，看看天子腳下是什麼景況呢？他跟著黃醫生身後走，阿松得意地想，身材高大的自己就像個保鏢。

黃醫生帶著阿松去見了許多人，有其他像黃醫生那樣，穿著西服彬彬有禮的醫生，也有做小買賣的商人、壯碩的料亭廚師、富得流油的妓院老闆、穿各色軍服的軍官……大部分人都說北京話，阿松聽不懂，他們的臉也轉眼就忘。黃醫生問阿松今天見了多少人，都是些什麼人，阿松一問三不知。黃醫生似是很滿意地點點頭，跟阿松說：「人生苦短，多長幾分忘性，對每個人都有好處。」

為什麼要忘，阿松不懂，但總比要他記起來輕鬆。阿松也就照做了。

黃醫生為自己和阿松找了一間富麗堂皇的旅社，安排了房間住進去。阿松驚惶地看著在櫃檯從容交談的黃醫生，用臺灣話告訴他自己付不出錢來。黃醫生朗聲大笑：「不是說了嗎？今天開始，你要為我工作，那自然費用由我全額負擔。」

黃醫生叫來黃酒和滿桌子的菜餚，舉杯對他說：「阿松，明天開始就要拜託你了。」

阿松和黃醫生碰杯，不好意思地說：「讓您和我這樣的粗人一起吃飯，真是委屈了，阿松沒有什麼有趣的故事能跟您說，但辦事效率，阿松敢打包票，是一等一地好。希望今後能幫上您的忙。」

喝了幾杯黃酒，頰上有些醺紅的黃醫生從公事包中拿出一個小冊子：「這是北京的地圖，明天車子就會來了，要麻煩你載我四處洽公。」

阿松收下地圖，回房間研讀，黃醫生留他下來繼續喝酒，阿松以明天還得幫黃醫生工作拒絕了。

黃醫生呵呵笑著，拍拍他的肩：「你對，你對，你是一個好青年。」

不知道黃醫生是怎樣厲害的角色，阿松躺在床上，背著地圖，邊想著這事，大約黃醫生在北京是很吃得開的人吧。

隔天車子確實來了，比阿松在新京開的車子更高一級，阿松都開始懷疑，自己究竟會不會撞壞這輛名貴的車，但黃醫生聽到他的憂慮，哈哈大笑，直說只要人沒事，錢不是問題。

過了幾天，開著車隨黃醫生四處遊覽，阿松漸漸明白了，黃醫生非但在錢的部分漫不經心，對於討個姑娘好好過下半輩子這事，也是毫不在意，這可讓阿松急了起來，但他也不知道自己在急些什麼，只是忍不住對黃醫生說：「您總得找個人定下來吧？」

在後座的黃醫生笑了起來：「阿松，你領這幾塊錢，沒有必要對我指手畫腳啊。」

阿松眼睛看著前方街景，臉卻紅了起來：「您這樣每天帶不同的女人回去，也是不會有好女孩願意和您共度一生的。」

「喔？」黃醫生拉高聲調：「阿松難道不是也想要和女孩過日子嗎？」

「想要是想要，但和您這種過法可不一樣啊。」阿松說。

「阿松，我現在過的日子，是男人都會想要的。」醫生正色說道：「拋卻無意義的純情，歡快地過一天是一天，才是喜悅人生的正道。」

胡同車開不進去，於是阿松找了個好位置，靠邊把車停好。

「一般人大概都是像我一樣的，您這麼做，有什麼特別的理由嗎？」黃醫生臨下車前，阿松問。

「我啊，」黃醫生皺眉思索：「可能因為阿片吧。」

「阿片？」阿松嚇了一跳：「您沒有碰那玩意吧？」

「我是醫生，我最瞭解阿片有什麼危害了，所以我不抽阿片。」黃醫生說：「但我常常看到許多抽阿片的人，他們躺在床上，抽著阿片，一天度過一天，也有人指責他們虛度光陰，但他們從不在意。那難道不是享受著度過一天嗎？從那時，我就想，與其像普通人一樣，腳踏實地地過生活，我更寧可冒一些風險，過著刺激的生活，我不用靠阿片，自己就能過得很愉快了。」

阿松搖搖頭，表示自己不明白。黃醫生拍拍他的肩：「過陣子你就知道了。」

阿松愣愣地想著這段話的意思，又過了幾天阿松才明白那是什麼意思，黃醫生富有是自然的，他可是一個了不起的人物啊，但經過這夜，阿松再也無法像過去那樣尊敬黃醫生了。

黃醫生喚他：「阿松，下車了，帶你也去快活一下。」

他急忙下車，走進北京夏夜的暑氣中。蟬聲唧唧，不知誰家有枝蜀葵花穿出牆來，紫紅色的花朵開得正豔，阿松隨黃醫生走進彎彎繞繞的胡同，迎面是穿牆而來的各色花朵。

黃醫生走進一間宅院裡，馬上就有許多少女出來迎接，少女們輪流用北京話和日語向宅院深處喊著：「黃醫生來啦——」

「還不快為黃醫生安排酒菜和房間！」宅院深處走出一位保養得宜的婦人，穿著大紅色旗袍，襯托她玲瓏有致的好身材，阿松看得呆了，婦人朝他的大腿擰了一把：「年輕人，要不要和姐姐快樂一下？」

阿松臉紅得像煮熟的螃蟹，一句話也答不上來。

婦人對阿松嫣然一笑，轉頭問黃醫生：「這位是你的貴賓嗎？看起來真年輕。」

黃醫生笑說：「這位可是我的好伙伴呢，千萬別怠慢了他。」

三人邊說邊往內裡的廂房走去，經過一個大房間，有許多人躺在床上，拿著菸管吸著，不時滿足地吐出煙霧。這些人男女都有，不是跟他年紀差不多大，就是和黃醫生差不多。整個房間漫著一股怪異的臭味，眾人掩鼻走過，頓時無人說話，形成了詭異的沉默。阿松想，這個味道一部分是空氣不流通的塵味，另一部分，大概就是這些人抽的菸了吧。

這就是吸阿片的人了吧，阿松想，這還是第一次看到。

黃醫生為什麼要帶自己到這樣的地方呢？而且這怎麼看都和黃醫生做的「大生意」有關，或者，阿松轉念一想，黃醫生每天拜訪的地方，後頭該不會都有一間這樣的大房間吧？那黃醫生確實是做了一筆很大很大，大得阿松看不清全貌的生意了，也難怪黃醫生對在火車上昏迷的夫婦如此見怪不怪，黃醫生總說要幫病人診療，看來也許是給吸阿片的人做些治療吧。

阿松胡亂想了一陣，被一名皮膚白皙的少女領到位置上，阿松道謝，少女也只是對他微微一笑，便轉身去端菜斟酒。

婦人坐在阿松和黃醫生中間，不時在阿松的大腿上摸一把。當阿松有點驚訝地看向婦人時，婦人只是拋給他一個曖昧的笑容，而黃醫生注意到時，總會哈哈大笑。

等到喝了一些酒之後，黃醫生不再注意他，忙著和旁邊的少女們打情罵俏，少女們也都樂呵呵地回應黃醫生意有所指的笑話。阿松不再理會婦人，低頭扒飯，一直吃到沒有一粒米剩下，而自己再也吃不下為止。

黃醫生一左一右地摟著兩個少女，少女像是在攙扶醉酒的黃醫生似地，一邊輕輕笑著，一邊合力將黃醫生帶到後頭的房間裡。

「年輕人，你不要我是嗎？」婦人佯裝受傷地說，阿松愣住，她才哈哈大笑，問道：「你要哪個女孩呢？」

阿松搖頭。

「不成呀，這樣我隔天會被黃醫生罵的。」婦人伸出細長的手指搖了一搖：「這邊還有幾個女孩兒，選一個吧。要做不做隨你。」

阿松左看右看，選了領他到位置上的白皙少女。

「好眼光。阿梅一定可以好好帶帶你的。」婦人喚來少女阿梅，要她千萬別怠慢了貴客，如此交代了一番，才讓阿梅領他進入房間。

房間和外頭富麗的裝潢不同，顯得樸素而溫馨。

阿梅脫下鞋子，躺到床上，阿松也脫鞋在她身邊躺下。

這時阿松才有機會仔細看看阿梅的長相，阿梅和他對望，一雙鳳眼深潭似地緊盯著他，薄唇緊閉著，什麼話也沒有說。

過了一會，阿梅起身，先褪去自己的衣物，一絲不掛地站在他面前。阿松眼睛離不開她的身體，只是在心裡想著：原來女人的身體是這樣，乳房沉甸甸地掛在胸口，像兩顆果實，雙腿間的陰影真的是男子們為之瘋狂的祕境嗎？

阿梅慢慢欺近他，輕柔地脫下阿松的衣物，同時像撫摸一隻貓那樣撫摸他，阿松忍不住起了生理反應，感覺自己在阿梅手中，彷彿是個小嬰兒。阿梅熟練地拿起床邊的保險套，為他戴上，接著便如騎馬似地跨坐到阿松身上。

阿松像觸電一樣突然明白了男女間的祕密。阿梅本來一下一下，輕緩地搖晃著，阿松試著動了動腰，卻被那種觸電似地快感吸引，沉浸其中，想要更加深入。阿梅在此時輕輕扭腰，往後退出，從阿松身上翻了下來，叉開大腿，露出肉色的器官，示意阿松進入。阿松野獸一樣地衝撞著阿梅柔軟肉感的臀部，直到克制不住射精。

阿梅熟練地將保險套拿下丟棄，示意他躺下。

阿松照做，阿梅像為嬰兒拍背那樣，用略有一些勞動痕跡的手輕撫他，同時唱起一首阿松沒有聽過的歌，低低的歌在房間迴盪，彷彿是搖籃曲。

阿松終於明白，為什麼有人說所有的女人都是母親，他本以為那是因為她們能夠生育，卻不知道有阿梅這樣的事。

黃醫生知道這樣的事情嗎？還是黃醫生沉溺於享受這樣的事呢？

阿梅唱完了歌，輕輕地抱著他，像抱一個易碎的玻璃球。

阿松盯著阿梅的臉，直到阿梅轉開臉，鬆開手，面朝另外一邊。

阿松問：「你從哪裡來？」

阿梅哼了一聲：「在這種地方，沒有人在乎女孩們從哪裡來的。」

「我、我只是想說，你日語說得真好啊。」阿松結結巴巴地說。

「這樣嗎？」阿梅說，阿松輕輕撫摸她烏溜溜的長髮。

阿梅轉過身來：「你又是從哪裡來的？」

「臺灣。」阿松回答。

「臺灣的佗位？」女孩用臺灣話問道。

「你是臺灣人？」阿松又驚又羞。

「我呀，真希望家己不是，若是我誰人都毋是就好了。」阿梅說，「假使毋是生做悲哀的大家口的查某囝，誰人願意吃這款的頭路？」

阿松不語，蟬鳴從窗外漫進來。

阿梅翻了個身，正眼和他相對，問：「佮我講，你按臺灣佗位來？」

「我是苗栗人，了後去了基隆，擱去了滿洲，後來到北京來。」阿松用臺灣話說道。

「噢，」阿梅的聲音柔和了起來，她換成流利的客語：「偓兩儕原來都係同鄉。」

阿松驚訝地說不出話，阿梅伸出手，搓揉阿松的頭髮：「摎偓講，你係幾多歲數？」

「摎偓講，你係幾多歲數？」阿松也笑著反問她。

阿梅嘆了一口氣，搖搖頭。

阿松自知說錯話了，便不再說什麼。蟬聲唧唧，填滿了兩人之間的沉默。

「阿公長透講傳仔分偓這兜細人仔聽。佢阿公講个故事當生趣，偓愛佢講古。」阿松忽然想到了什麼，便說起阿公太對抗日本人的故事，阿梅聽得入迷，緊皺的眉頭漸漸舒展開來。阿松真希望自己是天橋底下那些說書先生，可以流暢地說好一個個故事。或至少像是黃醫生那樣能說善道，他只覺得自己的口舌笨拙得像是石頭做的，一點也不靈巧。

阿公太曾兩次被日本人打穿胸膛，卻沒有死。第一次，原來是祖傳的玉佩擋下了子彈。

第二次要從一名少女開始說起，少女小玉父親被日本人所殺，為了復仇，作為小妾嫁進簡家，好掩人耳目。但她做的事情都和男子一樣，勤練槍法、鍛鍊身體，據說她愛上阿公太，阿公太雖然新死了妻子，卻也有點年紀了，為了不耽誤小玉的前程，並不太理睬她。

不知道小玉是怎麼想的，這樣的日子肯定很寂寞吧。

在一次槍戰中，小玉飛身撲到阿公太面前，為阿公太擋下致命的子彈。她死在阿公太懷中，阿公太命眾人厚葬她，子子孫孫都要祭拜這位阿婆太。

阿松想繼續說故事，卻想不出來能說什麼，想開口，卻發現阿梅微笑地看著他，他愣愣地看著阿梅，心想阿梅真是美麗。阿梅輕輕閉上眼睛，他也跟著閉上眼。阿梅伸出手撫摸他的臉，低低地唱著山歌，阿松不知不覺睡著了。

醒來時，阿梅已經離開了，如果不是枕頭上留下的淡淡香味，簡直像一場夢。

阿松走出房間，看見黃醫生在昨天的大圓桌前，獨自吃著一鍋清粥與幾碟小菜，黃醫生喚阿松入座：「趕快吃完，要開始工作了。今天會很忙碌的。」

阿松端起碗吃，欲言又止地瞄了黃醫生幾眼，黃醫生看起來沒有任何異樣，還是像之前一樣健談，阿松覺得這個世界好像沒怎麼變化，經過昨天，天翻地覆改變的，似乎是阿松自己。

雖然阿松想問黃醫生阿片的事，每次要開口，黃醫生就會巧妙地帶開話題，直到阿松快吃完時，阿松才結結巴巴地問道：「您、您做的生、生意都是這樣的嗎？」

黃醫生挑眉：「怎樣的？」

「全、全部都和阿片有關嗎？」阿松緊張地問。

「怎麼可能沒關係？」黃醫生哈哈大笑，「阿松，我沒騙過你，別問這麼多，對你有好處的。」

阿松訥訥地閉上嘴，專心把粥喝完。

阿松沉默地開車，將黃醫生送到各種地方。

他想著應該盡快離開黃醫生，到其他的地方去討生活，才是正經主意，但又覺得放著黃醫生不管，黃醫生遲早會將他自己毀滅。阿松說不上為什麼特別在意這樣的黃醫生，不知道是彷彿看著珠玉在眼前被打碎，會心疼這些寶物的價值，還是，他僅是不忍人類走向這樣的路途。他感覺黃醫生踏著醉鬼的步伐，正搖搖晃晃地往死路上走。

「阿松，我最想要的已經得不到了。」一次酒後，黃醫生打著嗝，把酒菜的氣息噴到他臉上，說：「現在能得到的都是次級品，一些假貨……你懂嗎？那都不是真的，包括我現在做的生意，也不是。」

「您好像活在夢裡一樣。」阿松說。

「夢……確實是夢……阿松，人是不能活在夢裡的，我有一個部分很清醒，一直告訴我，喂，姓黃的，你不可以……但又有什麼不可以呢？阿松，我已經被趕出臺灣了，現在只有你信任我、瞭解我，我也只能依賴你了。」黃醫生整個人靠在阿松身上，一面朝著小巷陰暗的角落嘔吐，一面斷續地說著。

「您喝太多了。」阿松皺眉。

「不這樣，我會太清醒。」黃醫生說：「我不能從這個夢中清醒過來，一旦醒來，就要面對我失去了故鄉和愛人的事實，我不能不喝酒，不能不在女人的擁抱裡，找一個已經得不到的……」黃醫生說著又嘔吐起來，吐出剛剛宴席上的佳餚。他將水遞給黃醫生，讓黃醫生漱漱口，洗掉口中的酸味。

黃醫生咳嗽著說：「阿松，我不會回去臺灣了，你跟著我、咳咳、是沒有未來的。」

阿松一愣，他只是想在這亂世活下去，並沒有深入去想未來是什麼，他不知道要留下，還是離開，但離開北京又如何呢？外面的世界依然戰成一團，此刻跟著黃醫生，也許是最好、最輕鬆的選擇。

但黃醫生真能帶他避開所有戰火嗎？

阿松不知道，但如果黃醫生要留下，那他也留下吧。反正，總是離鄉背井的人，總也該有人給黃醫生一些照應，就像黃醫生對他做的。那他該給黃醫生什麼呢？阿松沒有想明白，只覺得自己該做，卻不知道做什麼好。

黃醫生應該離開北京，只有離開北京，才能得到幸福的未來。攙扶著黃醫生回到車上時，這個念頭突然闖進阿松的腦海中。

該怎麼做呢？阿松一下子沒個想法，但他決定先把黃醫生放到車上，也許載去旅社，也許……就直接送他上車去上海？阿松被自己的想法嚇了一跳，但又隨即覺得似乎是個好主意，他買下兩張火車票，是最後一班往上海的火車，收拾了自己和黃醫生的行李細軟，勉強趕得上。

黃醫生醉得人事不省，整趟旅途只模模糊糊地瞇起眼睛問道：「什麼時候到旅社呀？」

「快了快了。」阿松含糊地說，黃醫生便又昏昏睡去。

隔天早上，第一道陽光射進車廂時，還沒到上海，黃醫生便醒來了，他驚訝地左顧右盼：「阿松？你在跟我開玩笑嗎？」

「上海就快到了。到了上海，我們坐船回臺灣吧。」阿松懇求似地對黃醫生說：「您的財物我都盡量帶過來了，您就帶著這些東西回臺灣吧。」

「我真正值錢的東西是帶不走的呀！」黃醫生放聲大笑：「但既然阿松不顧一切也要把我弄回臺灣，我們就回去吧。」

阿松驚訝於黃醫生這麼爽快答應，不禁一愣。

黃醫生接著說：「帶你回去故鄉，看看我無緣的被殺死的妻子和孩子，看看窮山惡水養出的刁民，是如何殺死了我的妻兒。」

黃醫生彷彿還沒清醒似地，摟著阿松說：「你為什麼不是女的呢？如果你是，也許我那無緣的妻子會很高興呢！」

「我不懂您的意思。」阿松並不排斥黃醫生的摟抱，該怎麼說呢，他感覺如果他這時推開了黃醫生，看起來溫文儒雅的黃醫生會被堅硬的什麼東西碰碎，裂成一片一片的。

黃醫生和幫傭的同姓女工相愛，並且讓女工懷上他的孩子，女工的肚子漸漸大起來之前，他就回到日本完成學業，女工被雙方家人拷問、毒打，不僅孩子沒保住，女工也重傷身故。人們覺得丟臉，把女工和胎兒的屍體丟進枯井裡，用一顆大石頭蓋住。

而他不知道這一切，在日本寫了許多信件回故鄉，都沒有回音，他以為是女工不識字的關係，但他實在太愛她了，一定要藉由書寫抒發他的愛。一次假期，他回到故鄉，家人交還他一大疊被拆開的信件，才得知這一切。

黃醫生立誓要復仇，卻也不知道怎麼復仇，畢竟下手的是他的父兄和鄉人，只好乾脆在外流連。

「從此之後，只要我想到她，我就喝酒，不然我不能……」黃醫生掏出兜裡的小瓶子，猛灌了幾口，被烈酒嗆得咳嗽連連。

阿松想表示同情與哀悼之意，卻被黃醫生夾在臂彎裡，一句話也說不出來。

到上海了，黃醫生輕輕放開他：「阿松應該知道我沒有什麼時候是清醒的，剛剛說的，就當醉話，忘掉吧。」

他們一起走下火車，黃醫生喊著：「阿松！我們回臺灣非得做出一些轟轟烈烈的大事業，你說是不是？」

阿松輕輕點頭：「您說的都對。」

阿松心想，黃醫生從妻子死去那刻，也許就成了一個不能復原的瘋人，阿松同情他，卻也無法不更多一些地愛憐他。

為什麼呢？阿松也不知道，大抵是自己和女工若站在同一立場，也很難不熱切地愛慕黃醫生吧。為什麼會將自己和女子站在同一角度思考，阿松想，大概是黃醫生問他，為什麼阿松不是女人，這句話影響了他吧。

阿松第一次希望自己真切是個女人，雖然黃醫生也許並不會看上自己，但阿松想，能被黃醫生這樣的男子愛著，是一件多幸福的事。

他們雇了一輛人力車到港邊去，黃醫生猶在反覆嚷著要做出一番事業來等語，阿松的心已經飄到臺灣去了，他想起故鄉和父母，萬分期待與他們會面。對了，還得帶上黃醫生才行，黃醫生照料他這麼久，也該讓黃醫生享享福，他不是女子，但還沒嫁人的妹妹也許可以……嘰——人力車急煞，兩個男子湊近，對著黃醫生的方向砰砰砰開了幾槍，隨即搭上接應的汽車離開。

黃醫生頭腦開花，當場沒了呼息，這是阿松被自己第一次看見的死狀嚇得昏過去之前，睜開眼睛，看到的最後一件事。

獨

立

現在還不是最糟的狀況。

阿菊啃咬著堅硬的生米，隨手掬起一把雪，胡亂塞進嘴裡，和嚼碎的米粒一同嚥下。這就是他們僅有的糧食了，一行人勉強唱著行進曲，讓走在最前頭的金一星確認，是否有同伴沒有發出聲音，在大雪中倒下了。

一、二，一、二，唱著壯闊的行進曲，抬著被凍到麻木的腳往前走，阿菊扛著沉重的長槍，自從在新京的小餐館認識了金一星開始，她的人生就變得好不一樣。她本以為自己會屈辱地窩在新京，終有一天嫁給一個能供她溫飽的男子，毫無感情地為對方生兒育女。在阿菊的想像裡，對方也許會早逝，也許不會，但她總覺得自己會勞碌至死，在死亡降臨之前，沒有安歇的一天。

現在更加不可能了，在朝鮮脫離日本統治之前，他們將不斷戰鬥，直至被可恨的、來自帝國的敵人殺死為止。

金一星恨這個驅趕走他的家族，甚至想將之趕盡殺絕的帝國，阿菊也恨，恨這個逼迫她的兄長從軍、讓她離鄉背井、讓她全家不得已接上日本人的舌頭的帝國。阿菊的祖母在這之後，立刻瘖啞了。

只是在遇上金一星前，阿菊不知道那是恨，她只是如同每個女人在這時代的宿命，咬牙忍耐著，順服地隨波逐流，期待有一天事情會有轉機，命運之神也許會倒向朝鮮人這一邊。

金一星教會她許多詞彙，例如「革命」和「理想」，例如「殖民」和「反抗」。在小餐館打烊後，金一星常常和她坐在桌前，她一面包餃子，金一星用手沾水，在桌面上寫字。也是在那之後，她忘了和自己同病相憐的臺灣人們，決心將自己武裝起來，要戰鬥，戰鬥才能生存。像常來餐館的那些臺灣人那樣，流露著溫順的習氣，不在乎統治者是什麼樣的惡棍，都為其工作，只顧自己的溫飽。那樣不管換了幾個統治者，都會被欺負的呀。

「是朝鮮人，就不要終其一生都活在日本狗的統治之下。」金一星說著，朝角落呸了口口水。

阿菊笑了起來，覺得他這個動作和這番演說都很滑稽：「如你所見，我是一個瘦小的弱女子，面對現在這世局，又能做什麼呢？」

金一星越發嚴肅了起來，他板著一張臉，教訓起阿菊：「現在是男女平等的時代了，做為女性，不該事事依附他人，女性可以和男性同等堅強，蘇聯有女兵，我們朝鮮也可以有！」

「我不懂你的意思。」阿菊裝傻，她知道金一星將要說什麼，他說過很多次了，可是她想聽。

「我不是說過很多次了嗎？」金一星惱怒道。

阿菊柔柔一笑：「可是我想聽。」

「你不怕這裡有竊聽器？」金一星問。

「那你就在我耳邊說。」阿菊笑道。

金一星棱角分明的臉立刻脹紅起來。

兩人在安靜的店裡對視良久，金一星才軟化下來，求饒似地說：「你知道這是最後一次了，我將要離開這裡……拜託你，跟我走吧，加入游擊隊。」

金一星越說越小聲，視線往地板飄，阿菊咯咯笑了起來，雙手抓住金一星長滿粗繭的大手：「我們走吧。現在就出發。」

他們唱著歌前進，這是游擊隊的宿命，要戰鬥到死，絕不屈服。生硬的米粒摩擦著柔軟的牙肉，阿菊覺得自己的牙齦有些發腫，人也要高燒起來了，在雪中越走越熱，阿菊以為自己幾乎要變成一團火球。

成功燒掉前一個村莊的派出所，是出於僥倖，天曉得那時要是日本警官沒有一時興起，走出派出所巡察，那他們該如何各個擊破。

儘管他們已經假扮成村人觀察許久，在山洞中等待數週，經過無數次的演練和推算，但行動一旦開始，絕計不可能重來，他們也不容失敗的空間。一旦有所差錯，游擊隊——不，推翻帝國統治的唯一希望，便會登時化為烏有。

金一星下令的剎那，依然是他們所能撞上最好的機會。埋伏的狙擊手登時射殺了兩名警官，其他日本警官反應過來之前，派出所已經起火，而他們團團圍住整個派出所，最終只有一名日本警察逃出去報信。

又累又餓的游擊隊搶奪了糧食和裝備，補充子彈和槍枝，在朝鮮村人的驚呼聲中，往更深的山間逃去。他們知道，帝國不會放過他們的，任何一絲微小的革命火星都要掐滅。

於是惡名昭彰的前田部隊追著他們的腳印，跟上來了。游擊隊如同一群老鼠，在山稜間的溝壑逃竄，彷彿是和傾整個帝國之力培育的菁英玩躲貓貓，只是，做為老鼠的一方，怎樣都不會愉快的。

金一星頻頻回頭，眼光掃過每個面孔，確認所有人狀況安好。他只有在對上阿菊的視線時，目光會突然變得柔和。儘管所有人都依賴著金一星高明的智謀及勇氣，他也板著臉撐出領導者的樣子，但金一星依然只有二十三歲，會半夜在阿菊柔軟的懷中無聲地哭泣，那時她覺得這個比自己大一些的男人，依然只是個孩子。

阿菊後來聽說，朝鮮的報紙曾熱烈地以頭版報導金一星的戰功，關於他們燒毀派出所、殺死日本警察，以螞蟻之力對抗整個帝國的偉業，被以朝鮮語和日本語報導。儘管在帝國的監控下，他們被以匪徒稱呼，但記者撰稿的熱情依然不減，報紙上有許多推測，大部分人認為，金一星是一名老練的戰將，有著壯碩的身材、大鬍子和精準如鷹的眼神，眉上刻著一痕痕皺紋。也有人說，他是一名睿智的老將軍，指揮著年輕力壯的游擊隊，在這一戰之後，便力竭死去，死前含著笑容，像是沉睡一般，最後，他被游擊隊祕密埋葬在山間深處的森林，日本人無法到達的所在。

那時她已經離開了游擊隊，也離開了金一星，一切只能用聽說的。她聽說他們逃往蘇聯，聽說金一星不再叫做金一星，也聽說他有了新的愛人。

不知道那名女子會不會也在大風雪時，和金一星在幾乎要把人吹走的暴風，還有劈頭蓋臉擊打而來的大雪中，高聲唱著行進曲？

甫出世的孩子正啃咬著阿菊的乳頭，她回過神來，火爐中的柴薪劈啪響，窗外也是大風雪。唯一不同的是，她跋山涉水，終於回到了故鄉。

阿菊最後的確依照媒妁之言，嫁給了一名對自己幾乎毫無感情的男子，為他的家族誕下一名子嗣。而丈夫也從未過問她的過去，無論輝煌或不堪，丈夫都沒有興趣。

阿菊待在溫暖的房子裡，有時會想，她的心也許被遺落在滿洲的荒原，大聲唱著行進曲。

前田部隊的追擊無所不在。她不知道他們的好運用完沒有，阿菊在茫茫的一片白色中，向不知在何處的神明祈禱，神啊，這次請站在朝鮮人這邊吧。

那時候阿菊相信有神，如果沒有，她不知道該如何在苛酷的環境下，繼續向著一個高不可攀的目標前進。但金一星不相信的吧，阿菊在心裡想著，他們總有一天會分開，金一星只相信人的力量，相信自己可以做到任何事，但在這風雪、這山巔、這荒原之前，人是多麼渺小。她不知道怎樣才可以與之抗衡，那強勁的風和雪的力量，她恐懼地想，也許就是神了。

但金一星比神更強硬，他拂去臉上的雪，喊叫道：「前面有個山洞！看來，即便天塌下來，也有逃出去的洞！」

「天」，阿菊想不到他也會用這個字眼，代表他也相信世界上有著命運嗎？或者說，正是因為相信命運存在，他才要去做那從神手中推翻命運的凡人。但是，像金一星這樣的人懷揣著火般熱烈的夢想的革命者，還是凡人嗎？

已經三天沒闔眼了，阿菊感覺自己的思緒紊亂起來，革命者不是凡人，還能是什麼呢？阿菊不是沒看過人被子彈打穿，血濺上牆面，也濺了一些到她的臉上，是溫熱的，如她每月來潮的月經一樣鮮紅。帝國喜歡宣稱：革命者是殺人者，是匪徒，是兇手。關於這點，阿菊有時同意，她和她的伙伴們確實是殘暴的，她試著不去想像，但無法控制自己的腦子忍不住模擬種種情境，設想這些被殺死的人也許也有妻子孩子，等待他們完好無傷地回家。

金一星鐵定會對這樣的論調嗤之以鼻，他會用一個長長的演說，告訴在場眾人他的觀點——雖然，通常只有阿菊一人在場。金一星的演說極富魅力，就算在街邊談話，只要他開始施展他的領袖魅力，拉高嗓門，大聲講話，就會有些人不惜放下手邊的事情，也要圍過來聽。金一星會說，當這些人加入帝國的邪惡體制時，他們已經不被待見為人，不管他們是日本人、是中國人、是臺灣人、是朝鮮人，都該死，無論受到怎樣的對待，都是罪有應得。

這樣的說法難免武斷，但阿菊想，神哪裡有不武斷的呢？畢竟，對神來說，人類的存在如此渺小，而神的意志如此偉大。

意志。她重複這個詞，靴子已經濕透，腳也凍得發麻，每一步都陷進鬆軟的雪堆中。這是比較好的景況，怕的是前面的人一次次踩踏過雪堆，把雪壓得密實，甚至結成冰塊。阿菊的破靴子，靴底早就被磨平，踩在冰上，滑溜得像是在泥鰍的皮上行走，沒有跌倒已是萬幸，要是拖著身旁的同伴一起滾落山坳，那更是她想都不敢想的恐怖景象。

阿菊不禁想起自己短暫愛慕過的陳，陳是臺灣人，長著一張好脾氣的臉。她曾央陳帶她去溜冰，陳沒有說什麼，只是以緘默表示拒絕。後來她聽說陳和一個日本男子去溜冰了，那人還是個軍人，軍人讓她想起哥哥，不知道哥哥是不是那日本男子的袍澤？如果帝國一聲令下，哥哥也會對著自己開槍嗎？

儘管找到了暫時的棲所，外頭依然颳著大風雪，山洞也只是比外頭稍微溫暖一點點的所在，所有人依然又冷又濕又餓又累，阿菊咀嚼著生米，聽著疲累的金一星在旁大聲打鼾，她想，這樣的生活——不，這樣不是生活，僅只是存活而已——他們還能在前田部隊的追擊下堅持存活多久呢？

金一星在睡前向眾人說：「無論如何，得活下去，見證勝利的一天。」她雖然感覺極度疲累，但卻睡不著，一直想著新京的事。現在回想起來，簡直像一場夢。

在新京，就連晴天時，雪也是灰色的，但溜冰場的冰是閃閃發光。她省吃儉用，買下新的大衣，邀約陳一起去溜冰，但最後卻只是和陳一起在新京漫無目的地走著。她曾懷疑，臺灣人是否都像是陳那樣，表面溫順，骨子裡卻倔強地像水牛一樣。阿菊本不明白，以自己的姿色和聲音，幾經打磨的標準日語，沒有男人有拒絕她的道理。但偶然在餐館附近，看過那個日本男子和陳談話之後，阿菊明白了，陳早就已經把可以給自己的東西，給了那個日本男子。

阿菊並不責怪陳，要怪只怪自己吧。擅自愛慕一個處境與自己相似的人，本就不是一件明智的事。臺灣和朝鮮，一個是南國島嶼，一個是北國半島，要相愛確實還是太遙遠了。更何況她習以為常的雪，陳在來到新京之前，可是一輩子不曾看過。她可以想像，如果不是新京，陳也許會在植有香蕉和木瓜樹的小鎮終老，娶妻、生子，在子孫環繞下死去，一生都活在四季如夏的島上，不會看過任何一片雪花。

她受金一星的請求而來到這裡，難道就比較明智嗎？阿菊想像自己還在新京包餃子，戰爭的翳影自遠方逼近，也許，如金一星所說，她不去投入戰爭，只會被戰爭的成敗牽著走而已，她可以想像，假若帝國戰敗，那一個地位低下的朝鮮女人可能在新京遭受到多麼殘酷的對待。

但，若帝國戰勝了呢？她不知道戰爭的全貌，不知道在宏闊的世界地圖上，帝國增加了多少領土，阿菊只在乎帝國與他們戰鬥的這一役，要是金一星死去，帝國是不是就戰勝了呢？

答案顯而易見，阿菊望著火堆，在火光無法完全照亮的黑暗陰影中，無聲地笑了，她不知道在這樣的陰影中，要如何繼續保持樂觀，但如果不樂觀，他們又如何能繼續前進？

同伴的臉在火光中蒙上曖昧不明的影子，這些男男女女，無分身分、階級、性別，只是閉上眼睛，睡在一起，若不是還有呼吸，彷彿是一堆屍體。阿菊想到這裡打了個冷顫，他們終有一天會變成屍體的。並不是人皆有一死的老調重彈，而是無論這些接連不斷的戰役成功或失敗，無論如何努力避免，必定會有犧牲。

有三名同伴的屍體被留在上一個村莊，據說頭顱被砍下，插在村莊外圍的木樁上，警示眾村民，匪徒只有這般下場，帝國派來的軍隊將會挾著威猛的火力，一一鎮壓這些頑愚的匪徒，誰都不該與匪徒合作，否則……日本警官往脖子比劃，村民們嚇得後退兩步。而遠遠看著這一切的阿菊也跟著退了兩步，撞進金一星厚實的胸膛，她發現金一星握緊拳頭，全身發抖。

她輕聲問道：「是不是受寒了？」金一星搖搖頭，比了個手勢，要她隨自己回到原本藏身的基地。她望著他，還想多說點什麼，金一星把手放在嘴唇前，示意她安靜。

「我們快走。」他深呼吸幾次，漸漸平靜下來，最後只吐出這幾個字。

阿菊遙望遠方，村民對上她的眼睛，揮手要她快走。

「日本人就要來了。」金一星拉著她往森林深處走。

雖然過了幾天時間，但日本軍隊還沒有巡察到他們藏身的角落，金一星要其他人先走，到指定地點後，先駐紮下來，他和阿菊會盡快過去會合。她不懂金一星想做什麼，但她還是任由他帶自己前往任何地方。她和金一星又回到村莊的外緣，森林比較稀疏之處，有個高地，金一星示意阿菊往村莊方向看。

經過幾個日夜，那些木樁上的頭顱都萎縮了，但還是張大著嘴，像個乾癟的果實在風中呼求，呼求什麼呢？阿菊彷彿聽見頭顱在哭，一些穿著軍裝的人走了過去，對那些頭顱吐口水。

阿菊和金一星在遠處目睹了這一切，但不敢靠近，怕被軍隊發現行蹤。阿菊覺得頭顱在風中唱著無聲的哀歌，原本他們那麼年輕、那麼美，現在只剩下皺縮的皮膚繃在骨架上，他們表情扭曲，眼神空洞，看不出是男是女，只能勉強知道這是人類的頭顱。

能回到原地看那些頭顱，已經是後來的事了。突襲結束後，在帝國的援軍趕來前，還活著的人背著傷患倉皇出逃，這是他們的勝利，也是他們的失敗，以數十人的肉身和整個帝國抗衡，能夠慘勝，已是奇蹟。受重傷的人不一會兒就沒了聲息，但他們不敢放下那些越來越僵硬，也越來越沉重的屍體，怕他們連死都不得安寧，再度被邪惡的帝國作為戰功侮辱。

於是，當他們攀上朝鮮和滿洲交界的高山時，金一星要他們將屍體埋葬在山頂，一個終年積雪的所在。他們一鏟一鏟地挖，卻挖不到土，全是被雪的重量壓得密實的雪。金一星沒有辦法，只得以雪埋葬死去的同伴。有些屍體的血和活人的衣服緊緊黏在一起，有些屍體保持著僵硬的姿勢，無法從活人的身上被取下來。於是有些屍體不得已被鏟子鏟斷了臂膀，有些屍體多了一件從活人身上脫下來的衣服。幸好天氣冷，同伴們穿得厚實，若是在熱一些的地方，血凝固在人的身上，只怕要剝下一層皮。

阿菊不禁想著，十年、二十年，甚至兩百年、三百年後，假若雪溶了，有一些學者，為了探查雪溶的情形，而來到這個山頂上，他們會如何看待眼前這些穿著便服卻打了綁腿的，或腹部，或背部中彈的屍體呢？有些屍體缺手斷腳，這些百年後的學者們，又會怎麼想？是他們在山上決鬥嗎？但又為何要刻苦地爬到山巔之上呢？又或者學者們會機敏地發現，這些人並不屬於這裡，只是被某種神祕的力量搬運過來，她不知道學者們又會對這個現象提出怎樣的猜測，她只知道，這可能是他們這些活著的人，能給死者最好的歸宿了。

金一星脫下帽子，一行人在雪地默哀一會，便拋下死者離去。他們還活著，呼吸，所以必定得繼續戰鬥，直到朝鮮真正脫離帝國的掌控而獨立。無論生者或死者，他們最初都是為了金一星而來的。

為了金一星，她幾乎死去，她為他受過無數次傷，也放棄了在新京的一切，從一個連槍都不曾拿過的摩登姑娘，徹底改頭換面，變成百步穿楊的狙擊手，唯一留下的僅有殖民者帶來的名字。

「阿菊，」金一星會皺著眉喊她：「你就沒有其他名字嗎？」

她搖頭。

「或者，也許你換個名字？」金一星問，她依然搖頭。

她知道阿菊這個名字讓金一星從舌頭到腳趾都感到彆扭，同行的所有人都恢復了朝鮮姓名，除了她。她本來就沒有朝鮮姓名，她就是，也只是香山菊。她的家族和金一星那個總是在反抗的家族不同，她出生於所謂的「國語家庭」，無比順服於帝國的父母並沒有為了她，冒著被打為刁民的風險，再給她取一個朝鮮名字。

說起來有點偏執，但「阿菊」這個名字是她和新京最後的連結了，若她改了名字，是不是她所懷念的、在新京的那些溫暖又善良的人們，也將認不得她了呢？若有機會再次見面，她怎麼能要求他們用被殖民者打結的舌頭，唸出對他們而言詰屈聱牙的朝鮮名字呢？

阿菊懷念新京，懷念溫文有禮的臺灣人陳，懷念那個總是不得男人所愛的餐館女給阿菊，還有其他在餐館端盤子的年輕女孩們，懷念餐館打烊後，獨自一人在暗夜走過新京的街道，懷念落雪的廣場，懷念雪落在肩膀上細碎的聲音。當時的雪是一種懷鄉的情調，現在的雪是災害，是帝國的神明發出的怒吼，每一陣風都在懲罰他們這些叛離帝國的匪徒。

金一星到底帶給她什麼？她在每個感覺痛苦的時刻，都會重新想起這個問題，重新和自己辯論一番，說服自己，這就是自己的選擇。是自己選擇了革命和金一星，怨不得別人。但有時候，阿菊會麻木地想，這就是最後了，也許明天她就死了。

但往往死去的都是同伴，活下去的是自己，不知幸運還是僥倖，這讓阿菊感覺痛苦。想要回到新京、回到往日生活的慾望，和想要死去的慾望同等巨大，她被兩個慾望擠壓，感覺不出自己是什麼樣的人，只是想著要回去，但回到哪裡，新京？還是故鄉？她一樣茫然。這時死的慾望開始逐漸膨脹起來，阿菊總是自告奮勇進行最危險的任務，但金一星總是故意變著法子，用他柔軟的手腕逼迫阿菊留在後方。金一星是她為何不死的唯一理由。

這也許是為何最終她和金一星分道揚鑣。在離開滿洲國，進入蘇聯邊境前，她猶豫了，站在雪地中，不知道要前進還是轉身。她看見金一星眉眼間流露出的不悅，她知道自己其實不是他期待的革命伴侶，她沒有這麼愛金一星，愛革命，愛到連自己都不要。於是她帶著阿菊這個名字，離開他和他的同伴，一個人返回朝鮮。

阿菊為火堆添了點柴薪，木頭很濕，就算放火旁烤乾，也還是在被火吞噬時，發出陣陣黑煙。洞口的天邊透出熹微的光，再三個小時，天就要全亮了吧。阿菊叫醒金一星，他看著她，眼神迷濛，像一時還想不起來自己是誰、在哪裡。鐵定是作夢了吧，不知道金一星會做怎樣的夢，夢裡的他終於實現自己的理想，讓朝鮮人民得以自由了嗎？

換金一星坐在火堆旁守夜，阿菊在他的空位躺下，閉上眼睛。金一星溫柔地撫摸著她的頭髮，長滿厚繭的大手輕輕擦過她的臉頰，阿菊想著，這似曾相識，喚起她和金一星在新京的回憶，那些在破舊旅社溫存依偎的夜晚，那也不過是幾個月前的事。當時她不在乎跟著金一星走，會走上多麼艱險的道路，她正是這樣一個缺乏愛的女人，只要有人開口，就可以要走她的全部。但阿菊轉念又想，已經很少看到金一星這麼像個人了，金一星不苟言笑，只是嚴肅地指揮所有人，有時候，阿菊會懷疑他是不是已經變成一部沒有感情的戰爭機器。

金一星說，他待過軍校，哥哥也會被訓練成如金一星那樣無情的戰爭機器嗎？當哥哥在新京的軍隊時，她去看過幾次，給他送了簡單的飯菜，看寡言的哥哥狼吞虎嚥地吃著飯菜，阿菊就覺得很滿足了。那時她以為，作為女人，這是她唯一能做的。如同帝國的政府諄諄教誨的，男人上戰場打仗，女人在家操持家務，也許做為摩登的榜樣，她也可以加入軍隊，在南洋暑熱的醫院，揮著汗水，做白衣的天使。

南洋，她想像那是一個和陳所在的南島臺灣相似的地方。

若不是金一星的請求，她可能已經去了比新京更遠的遠方。

當然，知道這些也是戰爭結束之後的事情了——她聽說，像她這樣地位低下的朝鮮女人，不用幻想自己能夠如同南丁格爾那樣，以純潔的白衣作為標誌，溫柔地治療戰場上的病患們身上和心靈的傷害。唯一會被傷害的，只有朝鮮女人的身體和心靈。她見過一些戰場上回來的女人，她們眼神疲憊且渙散，只有向已經解散的帝國抗議時，會閃出前所未見的光彩，那樣的光，阿菊在金一星的眼中見過，那是極度的恨，沒有一絲憐愛和同情的恨，也是對自己的恨，恨自己曾經輕信了帝國無恥的謊言。因為自己有著來自帝國的名姓，那些女人認為她也是自己的姊妹，於是這些姊妹們向她傾訴，在暑熱的南洋，在被叢林包圍的慰安所，她們無處可逃，被當作牲畜，被侵犯、被蹂躪、被擅自地憐愛與同情——這是她們最不可忍受的。

那些傷痕，她們不期待被治癒，儘管進入新的國家之後，有一些人開始著手瞭解她們，從而希望能妥切地治癒她們。人要治癒另一個人，聽起來多麼像是夢境或空談，她們沒有拒絕，只是也沒有停止在晚年喊著口號，聚集在新國家的廣場。閃光燈此起彼落地刺傷她們老邁的眼睛，那一聲聲快門的喀擦聲，聽起來竟有幾分像是掌聲，在斜陽中，遲來地迎接這些無論戰敗戰勝，都會被掃進歷史角落的女人。那時阿菊站在她們之間，因為「菊」字太過敏感，早已改換了朝鮮名姓，她們稱阿菊為姊妹，因為是阿菊從戰後七零八落的殘破景況，一路帶著她們走到現在的。阿菊也許不知道，但在短暫的餘生中，她們將永遠感謝與懷念她。

「戰鬥！戰鬥！戰鬥至死！」阿菊在雪中唱著，一面踏步前進，她逐漸認識這些面孔，然後看著他們一一消逝，許多人壓抑著感傷和恐懼，唱和著彼此的歌聲，不去想自己和游擊隊明天會發生什麼事。

「再走下去，在前田部隊抵達之前，會先累死的呀。」不時聽到有人小聲地喃喃這樣說著，但金一星的判斷是對的，前田部隊越來越近了，阿菊可以感覺到，甚至可以在風中嗅聞到一股血和鐵的氣味，那是帝國派來的獵犬的味道。根據他們攔查到的電報和文件，這支由前田武市領軍的部隊，絕大多數的士兵都是朝鮮人，阿菊感覺自己害怕的事情就要發生。

大概是雪中行軍第五天，金一星命所有人以不尋常的高速趕路，接著，在一處高地埋伏，架好槍管，對準下方的隘口，聽到命令就開槍——前田部隊果然距離他們近在咫尺，他們繃緊神經等待著，不一會兒，穿著整齊軍服的一大隊帝國軍人果然來了。

「開槍！」金一星喊道。

每一顆子彈都往帝國的獵犬身上招呼，阿菊瞄準他們的頭部，把所有人當成田裡的白菜，一個，然後是下一個，再下一個……她盡量不去看那些人是否和自己長著相似的眼眉，只是一個，又一個，下一個。已經到極限了，為了游擊隊的存活，必須將所有人一一射殺。

金一星用朝鮮語和日本語輪流喊著：「把槍丟掉、舉起雙手，只要投降就不會死！」

阿菊瞄準那些看到情勢不對，轉身就逃的人，不能讓他們回去報信！

突然，她在狙擊鏡裡頭看到一個絕對不會認錯的熟悉身影，是哥哥，哥哥也驚訝地放下了狙擊鏡和對著她的槍管，露出迷惑的表情。

金一星再度用朝鮮語和日本語輪流喊著：「把槍丟掉、舉起雙手，只要投降就不會死！」

哥哥的表情有些動搖，他緩緩放下槍，舉起雙手，卻在此時聽到一聲槍響，哥哥的頭上開了一個洞，正在汩汩流出血來。

開槍的是隊長前田武市，阿菊從他的佩刀和軍階發現了他的身分，前田邊對著他們所在的高地胡亂開槍，邊發瘋似地喊著：「天皇陛下萬歲！天皇陛下萬歲！」

金一星端起長槍，瞄準，扣下扳機。

前田這才安靜了下來。

山谷間只剩下前田的回音，彷彿還在高呼萬歲。

阿菊放下槍，環顧四周，最終，躺在雪地上，看著澄澈的藍天逐漸變色，天空被灰雲覆蓋，一片雪花落在阿菊的臉上，立刻溶化了，滑過她的雙頰，像是眼淚。但阿菊全身都凍僵了，一點眼淚都流不出來。

隘口堆積了數十具死屍，他們還沒有力氣清點這次的戰果，也還來不及從前田部隊身上搜索更多糧食，金一星淡漠地說：「在更多部隊過來之前快點走吧。」

有同伴遲疑地看著金一星，指著屍體，還來不及開口，就流下眼淚。

金一星長長地嘆了一口氣：「就讓雪來埋葬這些人吧。」

阿菊躺在地上，雪一點一點打在她的頭上、臉上、身上，她也想就此被雪埋葬。直到一雙大手把她拉起來，細心拍落她身上的雪花，是金一星，他的臉上滿是憐愛和同情：「走吧，阿菊，我們走吧。」

「要去哪裡？我不想再去任何地方了。」阿菊說，揉了揉自己被凍僵的臉頰。

「有一天，會有那樣一個地方，我不會再讓你受苦，會有一個國家，是為了所有革命的同志而存在的，所有為了革命而死去的人會樂意看到，看到之後就會安息了的，那樣美好的國家，不會有人挨餓受凍……是天上的國在地上實踐，是一個這麼好的國家。」金一星難得說了這麼多話，阿菊只是麻木地點了點頭。

事到如今，金一星要帶她去哪裡，無論是去天國或者阿鼻地獄，她都不在乎。就算他說要兩人一同赴死，她也不在乎了。

她已經沒有剩下什麼可以在乎了。

金一星小心地牽著阿菊的手，像是手掌心裡輕輕捏著一顆玻璃彈珠，他來回摩挲著她的手，而阿菊沒有回應，只是失魂落魄地跟著他的指引往前，一直往前走。阿菊感覺自己彷彿在霧中行走，一回神所有的景物便罩上一層薄紗，她在矇矓中被牽引著，看不清前面的牽引者，也不知道後頭是否有人，現在沒有人在唱行進曲，安靜到她甚至能聽見自己腦中嗡嗡的聲音。

阿菊大聲唱起行進曲，聲音之大，甚至嚇得一樹鳥兒受驚飛起，雪不斷下著，金一星領著她不斷往前走著，阿菊的聲音越來越小，逐漸被越來越大的雪給吞沒。

最後，阿菊終於安靜下來，因為一開口就會吃進撲天蓋地的雪，所有人都索性安靜了下來，有一些人偷偷流淚，因為在四散紛飛的雪中，沒有人會發現。

金一星在山嶺中發現了一個木屋，應該是附近的村民們用以存放雜物的倉庫。他們走近一些才發現，那是一個已經遷走的小聚落，有兩三戶人家，雖然有火燒過的痕跡，但屋子大致牢固，屋內算不上整潔，但也沒什麼打鬥痕跡，器具也還堪用。估計大概是被馬賊洗劫過一輪後，決定舉家遷走了吧。

阿菊被安置在一個角落，金一星不知從哪裡為她找來一張毯子，像是包裹幼雛那樣，將她整個包裹起來。生火的聲音、鍋盤碰撞的聲音、同伴們交談的聲音漸漸把阿菊拉回現實，她斷斷續續地聽到同伴們討論馬賊和這裡為何沒有人，只覺得太天真，她在新京聽聞的傳說都將馬賊描繪得滿臉橫肉，馬賊下手，一定是把男人殺死，女人擄走，只是現在他們還沒有發現屍體而已。屍體大概被深深的雪給埋藏在他們剛剛踏過的雪地之下了。

新京，呵呵，新京呀，阿菊自顧自的笑了起來，現在他們在新京，或者在朝鮮的報紙上，一定也會被描繪成凶猛蠻橫的匪徒吧。前田部隊有幾個人逃脫報信了，接下來他們面臨的追擊一定更加猛烈。

但也是所有人都到極限了，沒辦法繼續做高強度的行軍，只是咀嚼生米和雪，勉強維持存活。

他們一邊說笑一邊做飯，阿菊就靜靜待在角落看著他們，彷彿自己是個完全的局外人。她感覺不出時間的流逝快或慢，只感覺這好像一個漫長的舞會，人們端著食物走來走去，開彼此的玩笑，所有的同伴都放鬆了下來，露出柔和的笑容。阿菊感覺所有人都彷彿第一次認識了彼此，像她認識金一星那樣，更全面也更輕鬆。他們說一些黃色笑話，不分男女都笑了出來；他們也聊天，說著彼此家鄉的事，有時也談到新京，談到他們如何認識金一星——這時金一星總會在旁邊靜靜聽著，笑得靦腆，像個突然受到誇獎而有些不好意思的孩子。

阿菊幾乎不說話，只是微笑接過同伴們遞給她的餐食，安靜咀嚼，其他人知道她有好多情緒要消化，也不會打擾她。她本來以為這是他們窮途末日之前的最後一點溫暖，在她看來，金一星也是這樣以為的。但過了三天，追擊的軍隊沒有帶著更強大的火力來殺死他們全部，金一星判斷安全了，帝國因為戰爭而左支右絀，沒有空理會他們這個小小的滿洲游擊隊，這也表示，他們得進行更近一步的計畫。

後來的事情，所有人都知道了，金一星帶領游擊隊離開滿洲國，在蘇聯沉潛一陣子，當年，他和游擊隊中的另一位朝鮮女性結婚，阿菊記得她的名字是金貞淑，她有一個小巧而時常因羞怯臉紅的鵝蛋臉，比誰都崇拜金一星。更後來，金一星改換名姓，在北邊的朝鮮建立他的王國──儘管他可能不願被這樣稱呼。

阿菊回到南方，在敏感的氛圍下改名換姓，接受了家人安排的婚姻。她知道她會永遠懷念金一星，懷念他們共度的時光，但同時，她也清楚地知道，她不屬於金一星，也不屬於任何人，她只是她自己，無論她叫做什麼名字。

李香蘭

阿存聽過很多、很多關於李香蘭的事，他也去電影院看過好多好多李香蘭的電影，他會唱〈夜來香〉、〈支那之夜〉，自然也會唱〈荒城之月〉。每一首歌他都在電影院裡一次次記憶，直到可以開口唱出來為止，朋友們都笑他，除了寄回老家的薪水，他將所有熱情和金錢，都投注在李香蘭小姐身上了。

也因此，當他為李香蘭小姐打開車門時，說些給乘客的歡迎詞時，就算是國語流利的他，都不由自主結巴了。

阿存感覺自己全身都在顫抖，他連在夢中都從來沒有想過會有這一天。

他以為，僅是在新京載過一些滿映的大人物就值得驕傲了，但直到理事長甘粕正彥指定他作為在新京的司機後，阿存的身價日漸水漲船高，漸漸的，其他滿映的大人物也非他的車不搭。

這是當然的，阿存最自豪的，就是自己穩健的駕駛技術，讓乘客們可以舒適地享受這趟車程，並且，在這車程之中，阿存必定對乘客們的談話守口如瓶，哪怕摔爛了他，他都不會說一個字。

幾天前，在滿映、軍部和計程車行的協議下，阿存搭上火車，前往上海，據說要當另一位大人物的專屬司機。對此，阿存僅有很模糊的認知，據說甘粕正彥理事長以私人名譽擔保他，也是後來才知道的。至於軍部，看到穿軍裝的人出現在計程車行，還能不往這裡聯想嗎？

這一定是個響噹噹的大人物，能出動這麼多人來為其設法。阿存雖然在社會上有些歷練，但他也知道自己見識短淺，因此，他總是盡量會把事情往更深的方向想。但這次，阿存的腦袋是怎麼也轉不過來，他看見李香蘭小姐的瞬間，腦子就打結了。

他想把他作為李香蘭小姐的粉絲的一切都向她傾訴，但阿存受過的教育不多，僅能說出尋常的讚美詞，此時他真恨自己不是個詩人。任何稱頌的話語，李香蘭小姐一定每天都聽過數十遍了，像她這樣美麗的女演員，怎麼會希罕別人稱讚自己美麗，更何況他只是一名司機，一個微不足道的影迷。他曾想過，只要他一次又一次地看著電影，從報紙中剪下李香蘭小姐的報導，貼在筆記本上，就是在默默守護著她，他也以為自己一輩子這樣做就會滿足了。

他從來不是一個多話的人，甚至會被形容為寡言，直到活生生的李香蘭小姐出現在他面前，他才發現自己有如此多話想要傾訴。

突然另一個人拉開了車門，坐在他身旁的副駕駛座上。車子微微傾斜了一些，阿存想這人身材一定很魁梧，如一棵巨樹。

「您好，敝姓向井，是李香蘭小姐的經紀人。」向井先生有禮地對他點了點頭。

阿存突然感覺自己有一些幻想，像是過度膨脹的氣球一般，被向井先生輕柔地戳破了。阿存按捺內心的失望，有風度地向著向井先生回禮。他想，就算像夢一樣遇見了李香蘭小姐，這也是一趟尋常的車程。

「初次見面，我是李香蘭。」他才剛發動車子，聽到這話，便驚訝地回過頭去，想不到在客座的李香蘭小姐也對他眨了眨眼睛：「以後還請林先生多指教了。」

「是、是的，」他結巴起來：「也請李香蘭小姐和向井先生多擔待了。」

向井先生看看手錶，阿存注意到向井先生的手腕也相當地粗。向井先生攤開一張地圖：「那麻煩您先去這兒，李香蘭小姐排定要在此時拍片，過四個小時以後，我們會合，之後李香蘭小姐有一場餐敘……」

阿存聽得雲裡霧裡，那時他才初來乍到，還沒熟悉上海的地圖，僅能憑直覺和微薄的記憶在上海市中心繞圈，但他好歹也是受過專業訓練的職業駕駛，對照著向井先生的地圖，很快就找到正確的方向。

李香蘭小姐確實如報紙和雜誌所說，是個有兩百種以上多變表情的，貓一樣的女演員。李香蘭小姐從一上車，話匣子就沒停過，她和向井先生討論晚上要去見哪些人，而其中哪些人是應該妥善對待的貴賓，哪些人又是所謂「李香蘭粉絲俱樂部」的成員，又有一些人只是討人厭而已，沒有任何用處。

向井先生從合身西裝中掏出手帕，擦了擦汗：「您還真是一位傑出的女演員呀。」

的。」

「那是當然，」李香蘭小姐嬌媚地一笑：「我保證讓這些人都服服貼貼

車行不久後抵達了片場，李香蘭小姐笑臉盈盈地下車，馬上用支那語和眾人交際起來。聽不懂支那語的阿存有點悶悶地抽起了菸，而向井先生沒有陪同李香蘭進入片場，反而留在車旁，和阿存聊了起來。

「真難想像她才二十出頭呀。」向井先生說：「有時候她觀察並看透事物的能力，是我們這些中年人所不及的。」

「畢竟是從小夢想著成為戰地記者或政治家，懷著高遠的野心而長大的孩子吧。」阿存徐徐吐出了煙，掏出菸盒，示意向井先生也來一根：「雖然不是什麼好東西，要委屈您了。」

「可別這麼說，有菸抽已經是好事情了。」向井先生搖了搖手，低聲道：「您知道外面戰爭的狀況嗎？」

阿存搖頭。

「林先生啊，這你可千萬別說出去，聽說是狀況不好哩。」向井先生左右張望一會，才繼續說：「您是臺灣人，到時候可能只有您能保護李香蘭小姐了。」

「保護？什麼意思？」阿存聽得一頭霧水，這又跟他是臺灣人、支那人還是滿洲人有什麼關係？

「現在還不好說，但當前這個時代很不穩定的，將會發生什麼事，誰也說不準。也許將來還得仰仗您的協助了。」向井先生對他輕輕頷首。

阿存自然是聽得一愣一愣，但不只現在，若有機會為李香蘭小姐效力，哪怕會粉身碎骨，他也甘之如飴。

他點點頭：「我一定會盡力保護李香蘭小姐的。」

「那就好，我想這也是甘粕正彥理事長費盡心思的安排，林先生您就把握這次的機會好好表現吧。」向井先生彷彿很美味似地吸著菸：「謝謝招待。」

「小事情，下次抽看看上海這兒當地人抽的菸，聽說也很不錯。」阿存笑著說。

「兩位紳士！」李香蘭小姐在遠處揮舞著她的帽子，在陽光下，她看起來就與任何一個二十出頭的少女無異，只是，在阿存眼中，她特別美麗：「拍攝結束了，有其他節目嗎？」

「餐敘還要兩小時後才會開始，請林先生載您到街上晃晃吧。當然，我也會陪同的。」向井先生說。

「可以去街上嗎？」阿存看見李香蘭小姐眼睛為之一亮，迸出不可思議的明亮光彩：「在餐敘之前我想吃點點心，拍戲好累，我快餓壞了。」她扁嘴露出委屈的表情，阿存目不轉睛地欣賞著她的表情，差點忘記自己本來的工作。

「是的，麻煩林先生開車了。」向井先生輕碰阿存的手臂，阿存這才想起自己的使命，急急忙忙跳上駕駛座：「以後不必叫我林先生，叫我阿存就行了。」

「阿存？」李香蘭換著幾個不同的語言念他的名字，最後用標準的臺灣話發音唸出了這兩個字。

「李香蘭小姐竟然連我家鄉的語言也會，是在臺灣拍片時學習的嗎？」阿存吃了一驚，從報章雜誌的報導，從未聽說李香蘭會說臺灣話。

李香蘭鑽進後座，咯咯笑了起來。

「在臺灣有學一些，但現在是有人教我的。」李香蘭小孩似地對他眨了眨眼睛：「千萬別說出去喔！那人和你一樣也是臺灣人。」

「這是當然。」阿存轉回前頭，發動車子。他知道不論對方是誰，大約都是他這個小小司機無法觸及的人物，不管李香蘭小姐對於那位教導她臺灣話的人物懷著怎麼樣的情感，那都與他無關。

雷聲隆隆，上海的午後突然下起暴雨，他開車到一家知名的點心舖前面，讓向井先生去購買鮮肉餡餅，這間小店平素總是大排常龍，阿存之前在城內兜兜轉轉，也繞到這附近過。也許因為突然下起暴雨的關係，店前排隊的人少了許多，向井先生也趕緊去排隊。

阿存將車子熄火，換檔，李香蘭饒富興味地看著，她突然開口：「真有意思！人們都說機械太複雜了，女人操作不來，但我想科技總是會進步的，總有一天會有女人可以駕駛的車子。阿存先生覺得，會有女人可以獨自開車上街的一天嗎？」

「會有的吧，到那個時候，李香蘭小姐就不需要阿存我囉。」阿存故意委屈地說，隨即又嚴肅起來：「李香蘭小姐，您要明白，您的身分不同於一般人，為您安排專屬的車子和司機，都是為了您好的。若您獨自上街，遇上危險，該如何是好？」

「阿存先生的語氣和向井先生一模一樣。」李香蘭很無聊似地往後倒向汽車後座，衣料摩擦皮製座椅，發出輕微的刮擦聲。

「我呀，雖然喜歡演戲，也喜歡唱歌，但當明星本來不是我的志向。」

李香蘭歪倒在座椅上，斜斜盯著窗外的雨瀑，說：「可以的話，我想成為為女性服務，讓女性有更好的地位和待遇的人。但看來有生之年是難以實踐了呢。」

「怎麼說呢？」難得能聽到李香蘭說話，更何況，說的還是心底話，阿存感興趣了起來。

「我在滿洲長大，對支那和日本，懷抱著一樣的情感，就情感來說，她們都是我的母國。支那和日本戰爭，對我而言，是極其痛苦的事，但我能怎麼辦呢？作為一名演員，把戲演好就是了。」李香蘭正坐起來，嚴肅地看著阿存：「但向井先生說，上海這邊的治安問題不若滿洲，也有許多人嚷嚷著我是『漢奸』，想要殺掉我呢。這也是為什麼阿存先生和向井先生會來這裡，你們都是被派來保護我的。」

說著，李香蘭低下頭：「我多麼希望我是一個不用被保護的人啊……」

淅瀝淅瀝的雨聲，逐漸大了起來，向井先生拉開車門，濕淋淋地坐上副駕駛座。

「李香蘭小姐最愛的鮮肉餡餅，我買到了。」向井先生笑著將餡餅遞給李香蘭：「兩個就夠了吧？不要妨礙到晚上的餐敘呀。」

「謝謝向井先生！那我不客氣囉！」李香蘭小姐隨即像隻可愛的小動物一樣，張大嘴巴咬下餡餅酥鬆的外皮，肉的鮮香滿溢整個車內。阿存聞到香味，咕咚地吞了口口水。

向井先生哈哈大笑，對他遞出一個小紙袋：「也有買我們兩個的份呢。」

「太感激您了。」阿存誠惶誠恐地接過紙袋。

「千萬別客氣，往後我們就是夥伴了，要一起護衛李香蘭小姐的安全呀。」

「這是當然的。」阿存說：「李香蘭小姐的命，比我的性命更加地寶貴呀。」

「說什麼傻話呀，」李香蘭嘟嘴：「每個人的生命都很珍貴的！如果您在家鄉的親人聽到這話，我怎麼跟他們交代呀！」

阿存聽了頗感窩心，想不到遠在異鄉，非親非故的李香蘭小姐竟如此看重自己，而不是僅把自己當作一般的僕從來使喚。也許那個教導她臺灣話的大人物讓她對自己也連帶添上了一些親切感，無論如何，阿存真心感謝那位素未謀面的大人物，若那大人物能讓李香蘭小姐連帶惜愛臺灣人，那做為臺灣人，真是莫大的幸運與榮耀。

那時阿存還不知道，那位先生將面臨的不幸。

如果可以，阿存真希望時間可以倒流回一九四〇年九月三日。當時他的人就在現場，如果早點知道，就可以阻止這一切。

偏偏他什麼也沒有察覺。

明明，如果是為了李香蘭小姐的幸福，他可以連命都不要的。

真奇怪，明明李香蘭這個少女闖進他的生命中也才短短幾年，卻讓阿存覺得自己漫長的這個人生，除了李香蘭以外的部分索然無味。他無論是作為一個單純的影迷，還是李香蘭小姐的司機，都比以往只是拚命賺錢養活家人的生涯，更有一種活著的踏實感。

也許是銀幕上巨大美艷的少女模樣，和他所無緣企及的戀愛，在啃咬阿存老實的心吧。他想，他為了家人努力了一輩子，結果只有在黑暗的電影院中，專注盯著銀幕的短短幾十分鐘，才是為自己而活的。

也許這是一種注定，他為了李香蘭活著的時光，才是他真正為了自己而活的時刻。

他曾因為陪同李香蘭而悄悄地回到臺灣，阿存沒有知會任何人，因為李香蘭小姐只有三天時間，算上交通等等，根本一點也不夠他安排任何觀光行程，更遑論開小差去探親了。

阿存帶著李香蘭小姐在臺南鄉間走訪，不用多久就找到了可以稱得上高貴華美的宅邸，她見到與那位逝去不久的大人物相像的面孔，頓時湧起了一些情緒。她用以一個滿洲女優來說太過標準的臺灣話，接連問候那些面孔相像的人們，隨著他們也驚訝地回覆。那些激動的回覆，李香蘭小姐自然是聽不懂的，阿存湊近前去，為李香蘭翻譯。

其實都是簡單的問候，沒有人提到逝去的那人，對話的最後，李香蘭小姐祝願那人的老母親身體健康。對方只是嘆了口氣。

李香蘭小姐穿了一襲黑色洋裝，面容哀愁地看著那位大人物留下的親人，參觀他的家屋，最後由阿存掌鏡，將一群站定了的、沒什麼笑容的人們都拍攝下來。就算有幾位孩子，笑著跑著過來，要給李香蘭抱起來，李香蘭小姐儘管哀淒地笑了，她的眼中，也流露著同情和愛憐。

他小聲地告訴李香蘭小姐：「這樣抱孩子會把手臂弄壞的。」

「可是——」李香蘭小姐咬住嘴唇，很艱難地說：「這些孩子都才剛剛失去了父親呀。」

他聽了，也就不能再多說什麼了，李香蘭小姐也是剛剛失去了那位牽絆甚深的人物，她如果睹物思人、觸景傷情，也是再正常不過的事情了。更何況，那人是用極其悽慘的方式，在上海死去的。

如果可以，阿存真希望時間可以倒流回一九四〇年九月三日。這是一切慘劇的開頭，他真希望死去的是他，而不是李香蘭小姐傾心的人物。那天他一如既往地開著車在上海的片場、電影院和劇院穿梭，李香蘭小姐對向井先生說：「今天有一個重要的行程，在派克飯店，下午兩點，我必須去那兒。」

「是那位先生嗎？」向井先生問。

「是的。」李香蘭小姐點點頭：「還要麻煩兩位了。」

阿存看過那位先生幾次，對他很有好感，是位溫文儒雅的紳士，聽說學歷也高，通曉各國語言，確實是可以匹配李香蘭小姐的人物。這樣一個人的名號，阿存也是多少聽說過一些：「那位先生來自臺南的世家大族，明明可以在東京尋求發展，但卻不知道為什麼跑到上海來，還自稱是中國人，真是奇妙。」

「阿存先生，不可以這麼說的，」李香蘭小姐拿下頭上的帽子，她端著上面綴著花朵和羽毛的帽子，很慎重地說：「活在兩個國家之間，大概也是很辛苦的吧，我大致能理解臺灣人的心情。」

就算是李香蘭小姐，身為頂尖的滿洲女優，又能懂什麼臺灣人的心情呢？阿存沒有回話，只是專注地開著車。臺灣人不管怎樣都要依附在大國之下才能生存，必須選擇，但也毫無選擇。做為臺灣人，必定將毫無選擇地成為日本人，有些人就是想要選擇，才會選擇當中國人，但其中並沒有臺灣人這個選項。

直到最後，要與李香蘭小姐分別時，阿存才總算是懂了一點點。多年以後，李香蘭的回憶錄出版了，阿存立刻請孫子去書店注文一本。回憶錄中，對臺灣的人事物隻字未提，他也理解，那一定始終是李香蘭小姐心裡面最痛苦難耐的部分吧。她一定時時刻刻在想，如果不是她約了他談談，那位先生就不會獨自一人離開熱鬧的聚會，也不會在獨自用餐時，被殺手用機關槍打成蜂窩吧。

兇手大約是抓不到的。在上海這個被稱為魔都的地方，各方勢力競逐，無非是想得到更大、更多的利益，像是那位先生一樣，既擁有在臺灣的鉅額財富，又在上海積極投資資產的人，大概是一頭肥羊吧，只是不知道殺死他能獲得怎樣的利益，又是誰得到了好處。

有很長一段時間流傳著，本該被殺死的是日本電影人川喜多長政，那位先生只是倒楣地替代他而死。阿存心想，怎麼可能呢？他作為一個在底層討生活的人，實在太明白了，如果是僱請來的殺手，為了業界的信譽和名聲，絕對不可能搞錯要暗殺的對象。

前一天李香蘭小姐在片場和那位先生約好要見面，隔天下午兩點，阿存將車子寄存在飯店氣派的門面前，百無聊賴地和向井先生在李香蘭小姐的隔壁桌等待，本來他們還有說有笑，聊著上海最新的軼聞和花邊消息，但隨著李香蘭小姐的臉色漸漸如傍晚的太陽那樣沉落下來，他們也漸漸安靜了起來。

四點半時，向井先生站了起來：「李香蘭小姐，該是餐敘的時間了。」

李香蘭小姐的眼眶中似乎噙著淚：「非去不可嗎？」

向井先生點點頭，李香蘭小姐這才緩緩收拾東西，站起身：「兩位先生，難道我有做錯什麼事情嗎？」

向井先生安撫地說：「他一定是有事耽擱了，也許家裡有什麼緊急的事情，才會耽誤了這次的約會。」

「是呀，是呀，」阿存趕緊也跟著說：「李香蘭小姐不放心的話，可以留張字條，放在櫃臺。如果那位先生來了，自然會知道您有事先離開了。」

向井先生喚來服務生，知會飯店此事，服務生連聲應和，之後便離開了。

阿存取回寄存的車輛，等待李香蘭小姐和向井先生都上車後，開往下一個地點，李香蘭小姐看起來心神不寧的，頻頻不安地看著窗外，像是不想漏掉那位先生在上海的蛛絲馬跡。

過了幾天，消息傳遍了整個上海，每一家報社都用自己的方法去揣想那位先生之死。向井先生每天彙整報紙上的消息，和李香蘭小姐報告，她只是頹然半躺在汽車後座，搖搖手表示自己不想聽。儘管那位先生死了，工作還是要繼續，李香蘭小姐獨處時看來格外消沉，但阿存從沒聽過李香蘭小姐在他和向井先生面前哭出聲音來，她只是靜靜用手帕按按眼睛兩側，說：「好了，應該不需要補妝。」

後來，李香蘭小姐對向井先生提出，想要去臺灣掃那位先生的墓時，向井先生沒有反對，只是希望身為臺灣人的阿存陪同過去。阿存一口應允下來，為李香蘭小姐安排行程種種，他本希望盡可能地低調，但沒想到就算以帽子遮掩，李香蘭還是在往新營的火車上被人認出來了。

她也不閃不躲，就大大方方地用流暢而標準的日語向眾人打招呼：「各位好，我是李香蘭。」

人們看得呆了，在他和李香蘭小姐走向宅邸的短短十數分鐘，就湧來了大批圍觀的人潮，李香蘭小姐拿下帽子，微笑著向人們打招呼，就這樣一路到進了宅邸為止。

宅邸的後方是家族墓園，李香蘭向那位先生的墓鞠躬致意，和那位先生的妻子與母親攀談，主要談的都是一些小事，關於臺灣的太陽、最近的天氣、她們的身體狀況以及附近有什麼值得走逛之處等等。

在阿存為她們拍下合照後，一群男人便說著還有事要忙，漸漸散去了，只留下一些女眷和孩子，留在表情哀淒的李香蘭小姐身邊。

「我終於來到他的故鄉了。」在回程的火車上，李香蘭小姐只簡單地這樣說，接著就再也沒有開口說過一句話。

阿存不知道李香蘭小姐和那位先生之前談了什麼，但想必是很深入的內容吧。

不知道他們有沒有談到，彼此皆是活在支那和日本兩個國家之間的人，阿存到年老時，才想起這件事。他一拍大腿，是啊，兩人其實都是日本國籍，只是李香蘭小姐因為政治因素隱瞞了自己身為日本人的事實，而成為了親善的「滿洲女優」；那位先生因為自己是臺灣人而不得伸展，在上海自稱是中國人，而面對日本人時，他又成為了日本的臣民，至於他究竟怎麼認同自己，阿存不敢說。就像阿存在戰後，回到臺灣，也好幾十年不談自己在滿洲、在上海渡過的時光。阿存也不知道，除了認為自己出身臺灣以外，有什麼樣的認同能得以在這個島嶼上固定不變。

也許任何譴責那位先生、說他如同蝙蝠在鳥類和獸類之間周旋的言論，都是愚蠢且不智的。那位先生並非是自己選擇了這樣的下場，而是時代為他選擇了這樣一條死路。不管在東京，還是在臺灣，他都不可能選擇他所想要的道路。

阿存想，如果這些事情，他當時都知道就好了。這樣李香蘭小姐也可以少受一點苦難。

最重要的是，如果那位先生不死的話，那麼，一切都會有更好的結局。儘管那位先生已經有了妻小，但不至於留給李香蘭小姐這麼多遺憾和悲傷。

阿存在餘生中反覆推演著這件事情，但很多事情他無法控制，他後來寬慰地想，如果那位先生活到戰後，也許不會有更好的結局，不管落到哪個政權手上，他的思想和主張都太過前衛，遲早會被執政者除之而後快。阿存聽過他對李香蘭小姐講述關於電影的事，那風采確實迷人，才華也非常出色，他完全理解為何李香蘭小姐傾心於那位先生。

那位先生過世之後，阿存想，儘管李香蘭小姐失去了那位先生，但她依然擁有一些美麗的記憶。而阿存也依賴著每天和李香蘭小姐相處的點點滴滴而活，那是他在紙醉金迷的魔都上海，唯一美麗純淨的事物。

阿存當時並不知道，經過數年的相處後，獨屬於「李香蘭」的一切都將被剝奪，被掃進歷史的角落，除了他自己的記憶。

而李香蘭也被迫緘口，在那之後，關於臺灣的一切，她近乎隻字不提。

向井先生的預言成真了，戰爭結束後，僅有臺灣人身為戰勝國的國民，能容得國民黨猜疑的眼光，進入軟禁李香蘭的虹口收容所，他暗自想，這邊狹小髒亂，可不是一個般配如李香蘭這樣大明星的好地方。但滿映中有許多人也跟著進來了，只是他們皆活動自由，僅有李香蘭，經過幾番打點，才被允許會面。

李香蘭央請他去找好友柳芭，柳芭對於中國或日本來說都是與國內事物無涉的「外國人」，請她向北平的山口家拿回戶籍謄本，自然是最好的安排，戶籍謄本上面清楚載明她是一名日本人，而非中國人或滿洲人。

「如果是日本人，『漢奸』的罪名就不成立了吧？對吧？阿存先生？」李香蘭小姐頭髮也亂了，看起來也沒有辦法好好盥洗，他為李香蘭小姐帶來換洗的衣物，看著疲累又驚懼的她，阿存用力地點點頭。

「以後不是五族共和，海內外一家的時代了吧……」李香蘭不知看著哪裡，眼神迷茫地說：「也許阿存先生會覺得可笑吧，但我從小就相信著這些呀，我長久以來隱瞞自己是日本人的事實，假裝自己是一名支那女演員而活著，也是為了父親的理想……這是錯的嗎？阿存先生，您若是知道答案，可不可以告訴我呢？」

阿存搖了搖頭，深深地嘆了一口氣。

那年李香蘭——不，山口淑子，二十六歲，所有的八卦小報都已預先判她死刑，阿存看到一份撕毀一份，卻不知道自己在生氣什麼。經歷一連串答辯、出示證據和法官宣判，山口淑子獲得自由，但代價是滿映的傳奇女演員李香蘭就此死去。

穿著法袍的法官搥了幾下法槌，才終於把像是在消化自己的死一般的山口淑子喚醒，法官嘗試對她曉以大義，告訴她，在身分轉換之中，還有許多道德與倫理的問題尚未解決，這是山口淑子應該去思考的。

山口淑子只是非常疲憊地說：「我承認，雖然說當時還是太年輕，但確實有思慮不周之處。我感到相當抱歉。」

經歷這一切，山口淑子憔悴了許多，她在船上遠遠望著越來越小的港口，帽子被吹飛，落在海面上，帽子既沒有往上海的方向漂，也沒有隨著船行方向漂，而是漸漸往南方去了。她想，一定是去了臺灣吧，她暗自祈禱，帽子能代替自己，前去往後應該沒機會踏足的土地。

阿存最後為山口淑子小姐收拾了必要的行李，送她登上遣返的船隻，那時，船艙正播放著〈夜來香〉。阿存在港邊輕輕哼著〈夜來香〉，慢慢駕駛著車子行駛在上海的街道上。

他想，這應該最後一次和那位愛笑的姑娘見面了吧，不論她叫什麼名字。山口淑子也好，李香蘭也好，不妨礙他像是愛自己的掌上明珠那樣愛她。

誰的奴僕

當阿存離開上海時，上海正亂成一團。國民黨接管了大部分的區域，但魔都依舊還是魔都，沒有因為是什麼人接管了這座城市而改變。或者說，身在魔都的人們都心知肚明，是誰在背後掌控這座城市。幫派犯罪和仇殺還是沒有間斷，阿存送走李香蘭小姐之後，便趕緊買了船票，打算回臺灣。

他站在船上，看著上海逐漸遠離，心想終於要回到故鄉。多陌生又熟悉的名詞，臺灣，他想著，不敢期待都市在戰火之下完好如初，但鄉間總是沒有砲火的衝擊吧。一別數年，他想念妻子和不知道已長得多高的孩子，卻還不特別想念上海，只是感覺到一種離愁似的情緒——他在心裡道別：再見了，洋房和身姿美麗的行道樹；再見了，鮮肉千層酥餅；再見片場，再見電影院……他一一數算著在上海度過的時光，一邊記掛著業已回到日本的李香蘭小姐。不知道日本那邊狀況如何，大約也是千瘡百孔的吧，今後要做一個中國人了，阿存想，怎麼會有人想做支那人呢？但日本打敗仗了，似乎也是沒辦法的事，只要堂堂正正過活，憑著自己在上海學會的支那語，還是過得下去的吧。

阿存慶幸自己多少學會了支那語，以後討生活會很有幫助，但他不知道孩子將來會說支那語還是日本語，對孩子來說，學習一個新的語言會是痛苦的過程嗎？孩子恐怕是感覺不到的，只會當成遊戲，所有一切變化，可能得由他這一代來承擔。承擔也無妨，他在上海看到太多事情，他只願國民黨能對臺灣人好些。

但這有可能嗎？短短的船程，阿存想了很多很多，最終似乎只能將之交託給命運，連那位先生出身之富貴，都無法掌控自己的命運了，像他這樣的市井小民，當然更只能隨命運浮沉了。

到港口了，船笛發出深長的鳴聲，緩慢地靠岸，阿存提著自己不太多的行李下船，看見眼前一位穿旗袍的妙齡女子不斷攔截路人，問著：「這是從滿洲回來的船嗎？」同船的人答以上海，女子難掩失望神情，但還是不斷問著：「有人從滿洲回來嗎？有沒有人認識一位姓陳的男人……」

「姓陳又從滿洲回來的男人太多了！你這樣找不會有什麼結果的！」一名路過的男子這樣說著，引起碼頭邊的工人一陣哄笑：「這女的是這附近很有名的瘋子，看起來乾淨，好像很正常一樣，但腦子有問題呀！」

「如果不是船頭行的老闆娘看她可憐，收留她，這女孩子不知道要淪落去什麼地方！」一名工人說。

「就算被送去山裡的豆干厝，這女孩爬也會爬回來港邊的！」另一名工人順著話頭說，一群人又笑了起來。

阿存被勾起了一絲同情心，趨前去問工人：「我正好從滿洲回來，你們可知道這個女孩要找的是什麼人嗎？」

「我聽到會背了，她在找一個姓陳，名字裡面有個『明』的男人，很高大，稱不上英俊，但人挺忠厚老實，以前在船頭行工作，和她立下了婚約，但離開臺灣之後就連張明信片都沒有寄回來過。」

阿存內心暗叫不妙，他在新京確實認識這樣一位人物，是臺灣同鄉會的朋友，但他離開新京之後就沒有往來了，這人搞不好已經因為什麼原因死在新京也說不定。他本想繞過女孩，但對上女孩楚楚可憐的眼神，他軟化了下來，女孩盯著他看，說：「你一定知道些什麼吧？先生，求您說出來，告訴我，他是不是會回來？」

「我不知道。」他別開視線，說：「我從上海回來，關於滿洲的事情，一點也不知道。」

「您一定知道的，不然，您為什麼要停下來和那群工人交談呢？」女孩焦急地問。阿存這才注意到她臉上有些可愛的雀斑，五官端正清秀，這女孩如果沒瘋，應該會有許多人搶著到她家提親吧。

「我的父母、親人都在空襲中死去了……先生，您可憐可憐我吧，阿明是我唯一的依靠了。」女孩懇求他，阿存咬住嘴唇，不讓話從嘴巴裡溜出來。

他提起行李往前走，女孩還是一直糾纏著他。

在他正想著如何擺脫這女孩時，一名穿西裝的體面男子出現了，男子脫下草帽，對他致意，隨即開口說：「先生，我看你是真正知道一些事情的人，如果可以的話，幫一幫阿靜吧。」

被喚做阿靜的女孩隨即躲到體面男子背後，男子輕拍她的背，安撫她。

「您又是阿靜的誰呢？」阿存開口問道。

「實不相瞞，我是船頭行的小老闆，您叫我竹郎就好。」男子說道：「我母親收留了阿靜，我也對她日久生情，但阿靜一直記掛著她的戀人，我是希望您如果知道些什麼，請務必讓阿靜死心。」

他看著阿靜渴求答案的臉，阿靜有些膽怯又滿懷期待地看著阿存，阿存嘆了一口氣，說：「方便的話，可否到府上去說呢？」

「這當然沒問題，戰後物資缺乏，原諒我們無法給您什麼好的招待，但絕對是充滿誠意的。」男子說。

阿存對著阿靜小聲地問道：「為什麼還要等待呢？竹郎先生待你也不薄啊。」

「是誠信問題呀。」阿靜說：「左鄰右舍知道我曾這麼愛阿明，現在卻要嫁給竹郎先生，這誰也無法接受的吧。」

「但阿明連一張明信片都沒有寄給你呀。」阿存說。

「我也是反覆這樣跟她說的，滿洲那麼危險，也許阿明早就死了。」竹郎插嘴道，帶兩人走進船頭行後面小巷裡的一間洋房，開門進去。

阿存打量著這房舍，不算是他在上海和新京見到的，那麼氣派、富有，但這間躲過了空襲的洋房也是精緻小巧而美麗的了，房門推開，裡面沒有什麼陳設，想來是在戰爭時，可以變賣的東西都變賣了吧。

「搞不好阿明愛上別人了，也說不定呀。」竹郎說道，阿靜猛力搖頭。

「我們說好，如果愛上了其他女人，一定要說出來的呀。」阿靜說：「好心的先生，告訴我吧，告訴我到底發生了什麼事。」

竹郎好意請他坐下，他尋了一張木頭椅子坐下，椅子有點兒晃，竹郎露出抱歉的神情：「大部分的桌椅都拿去當柴燒了。」

「現在算是阿靜的病情控制得比較好的時候，以前她瘋病一發，還會在空襲時跑出防空洞呢！」竹郎說著，也尋了一張椅子讓阿靜坐下，他自己站著，在客廳不安地踱來踱去。

「最初，我在船頭行的也是幹司機，父親讓我去體驗司機的辛勞，我和其他人領一樣的工資，在飯桌仔吃飯，這才認識了阿靜。那時她還沒瘋，只是每天在港口等待。我知道阿靜有個去滿洲打拚的戀人，但還是執意要追求她。」竹郎說道，覷了阿存一眼，像在觀察他的反應。

阿存沒有說話，於是竹郎繼續往下說：「也是那個時候，阿靜的瘋病突然發作起來，她想答應我，但又覺得不能背棄阿明，於是每日每夜，只要聽見大船入港的汽笛聲，阿靜就會驚叫起來，跑到港口去。」

竹郎描述赤腳的阿靜如何在半夜尖叫著跑向港口；又哭又笑地砸破窗戶，只因為看見了自己的倒影，不僅如此，阿靜還踩著滿地碎玻璃跳舞；在空襲警報時，以為是大船入港，不顧眾人阻止，奔向碼頭，整條路上都沾滿了阿靜血跡斑斑的腳印，竹郎本想去尋找阿靜，但被父母拖著進了防空洞，警報解除後，看見阿靜一個人在碼頭大哭：「怎麼沒有船！阿明要回來了！怎麼沒有船！」

竹郎的母親幫阿靜包紮，然後發現她是真的瘋了。她愛阿明，是不要命的那種愛。或者說這個瘋病發作時，他們也不知道該如何解釋，只能姑且稱之為愛，或者執著。

阿存想，也許兩個都不能解釋，只是夾在兩個男人之間，阿靜這個沒有什麼選擇的女子，不可避免地，只能選擇發瘋。

竹郎繼續說，從瘋病中清醒後，矛盾的阿靜也不知道該不該接受竹郎的追求，於是她到處打聽阿明的下落，希望知道他最後一點消息。或者該說——竹郎說到這兒苦笑——阿靜真的有清醒的時候嗎？阿靜的瘋病鬧得整個碼頭都很不平靜，連來往的船員都知道有這樣一個發瘋的女子，久了，對阿靜不懷好意的人也變多了。於是竹郎把阿靜帶回家，讓父親告訴碼頭的人們，船頭行的老闆娘收阿靜為義女，意圖對阿靜不軌的人才看在他們家在碼頭一帶的影響力而罷手。人們明白，表面上是竹郎的母親在保護阿靜，實際上卻是竹郎在宣告阿靜的主權屬於自己。

一開始，竹郎的父母雖然開明，但也想知道阿靜是否真的瘋了，而竹郎是否真的要娶一個發瘋的女人進門，但當他們看見阿靜乖巧又順從的一面，也心軟了。竹郎說，母親知道自己非阿靜不娶，告訴他，一定得找到阿靜之前的戀人的下落，把瘋病徹底根治，讓兩老可以安心讓阿靜進門，也好趕快在戰爭結束之後沖沖喜，這婚禮也許不至於非常盛大，但也是少數可以熱鬧地和鄉里一起舉辦的好事了。禮數結束後，叫竹郎讓阿靜趕快生幾個白胖孩子。

阿存隱隱不安，不只因為他知道事情最後的答案，也因為竹郎連珠砲似地，和他交代完阿靜的種種情況之後，說：「這都是我自己的想法。我並不清楚阿靜是不是真的會忘了滿洲的戀人。也許，在這情形下，還是不該與她結婚。」

竹郎是個有大好前程的青年，假若他拋棄了有瘋病的阿靜，那樣阿靜會淪落到怎樣的地方去呢？阿存想都不敢想，搞不好會被人像是畜生一樣關起來，變成僅是供人洩慾的工具。太常見了，阿存想起李香蘭小姐，又想了想阿靜的事，如果兩人立場對調，只怕連手腕高超的李香蘭小姐都會因為各種事情墮入地獄般無法翻身的處境。

阿存忖度，他知道據實告訴阿靜，阿明的事情會在她心底變成永遠的遺憾，這樣永遠治不好那瘋病吧。他想，希望竹郎是真的喜歡阿靜，但他也知道，竹郎並不知道自己能不能贏過阿靜心中的幻影，而這也是阿靜生存上最大的危機。對竹郎來說只是選擇配偶，對阿靜來說可是生死攸關的大事。既然阿靜也不討厭竹郎，那阿存覺得，也許他是說不出佳偶天成之類的恭維話，但是該讓阿靜死心。

「我不知道阿明最後去哪了。我和他在滿洲的臺灣同鄉會認識的，我知道他也是同行。」這是事實。但就連事實，阿存開口要說都如此艱難。他總覺得自己帶來的不是單純的消息，而是左右阿靜命運的處方箋，但他不是醫生，怎麼敢擅自為病人決定呢？

他決定賭一把。像他在滿洲和臺灣同鄉會的人常玩的十八粒。

「但我知道，阿明愛上別人了。」阿存說。命運的骰子落在大碗公裡，他聽見清脆的聲響。

「不可能！不可能！」阿靜尖叫起來，隨即摀起耳朵，蹲下哭泣：「我不要聽你說了……你們都打算騙我……」

竹郎安撫著阿靜，阿存看阿靜冷靜一些後，繼續說：「阿明愛上的不是女人，是男人。還是一個日本人。」

阿靜不可遏止地嚎哭起來。

阿存對阿明感到有些抱歉，他雖然察覺到這件事情，卻沒有及早阻止他，僅是用大哥的身分對他訓話了一番，說什麼日本人都是四腳仔，不能相信。他也覺得阿明聽不進去，所以沒有再三勸告他，僅是反覆告誡他，不能相信日本人。回到臺灣後，還加油添醋地告訴了他從前的戀人，他現在後悔又歉疚，但為了治好阿靜的瘋病，他不得不這樣說。

阿靜哭著哭著，突然笑了起來，越笑越猙獰、越張狂，就像中了邪一樣，把竹郎和阿存也嚇了一跳，正當阿存想著是不是該去請大夫來時，阿靜止住笑，很平靜地站了起來。

「竹郎先生，很謝謝你們一家這陣子來的照顧。」阿靜盯著竹郎的眼睛說。

「阿靜，你要離開了嗎？」竹郎說著，著急地抓住阿靜的手，阿靜輕輕鬆開他的手，點點頭。

「阿靜，你要去哪裡呢？」竹郎問：「戰爭才剛結束，你一個女孩子家……沒有保障的。」

阿靜搖了搖頭，輕聲對竹郎說：「你記得我拖著流血的腳也要去港口的事情嗎？」

竹郎點頭。

「那好像一場夢，一場惡夢……我知道你們一家人都對我很好，但我就是無法忍受……我想毀掉自己，想逃去任何地方都好……我沒有瘋，我很清醒，我只是不想面對我終究虧欠你，或虧欠他。」阿靜走向門口，竹郎沒有攔住她，阿靜倚著門，看著遠方：「我知道我沒有虧欠他，但我還是虧欠你，這也許我得要以身相許才能回報……但很奇怪，竹郎，我一點都不想這樣做。」

阿存想，這一把不知道是賭對了還是賭錯了。

「我不會阻止你離開。」竹郎說：「但你得想清楚，阿靜。」

「我不知道，也許我會想清楚，也許不會，但這都無所謂。難道真的有一件事情是我可以決定的嗎？」阿靜說。

「你不會找到比我更愛你的人了。」竹郎說著，慢慢靠近阿靜，他想抱住阿靜，卻被她輕巧如鴿子一般地躲開，竹郎在阿靜腳邊跪下，說：「阿靜，拜託你了，你離開我會非常痛苦的。」

「就沒有人關心我的痛苦嗎？」阿靜幽幽地說：「給我一點時間，也許我會回來，也許我不會……我真的不知道。」

「阿靜，」阿存喚她：「你可以告訴我，我做錯了嗎？為什麼你要離開竹郎先生呢？」

阿靜淡然一笑：「我要謝謝您，連名字都不知道的先生，我已經困在這個港口好久好久了，我要離開這裡，去一個沒有人認識我的地方，重新生活。」

「我不懂你的意思。」阿存說。

「您治好了我的病。」阿靜簡潔地說：「讓我明白，無論是您、竹郎先生，還是阿明，又或者是阿明所愛的男子……這些男人都是有選擇的，唯一沒有選擇的，只有我而已。」

海風吹動，拂過阿靜的臉頰，飛舞的長髮遮住了她的表情。

「就算是和竹郎先生結婚了，也沒有人會幸福的。」風漸漸停下，阿靜撥了撥頭髮，露出悲哀的笑臉：「這就是我這樣的女人的命運吧。」

阿靜一步步往前走，走出巷子，走向碼頭，竹郎像小雞跟著母雞那樣，亦步亦趨地跟著她，阿存提著行李遠遠看著，想著自己要不要也跟上去。阿存想了一想，總覺得阿靜的樣子有些奇怪，最後決定追上去，阿靜突然停下來，像在等著阿存一樣。

「我一直忘了問您，滿洲真的很冷嗎？據說滿洲會下雪，雪是什麼樣子？」阿靜對著阿存說。

「滿洲的冬天啊，可以說是冷到骨髓裡了。」阿存懷念地說：「還有溜冰場，人們在公園溜冰……下雪的時候，一片一片的雪花，很輕很輕，伸手去摸就融化了，只剩一灘水。雪花堆積在肩膀上，久了就融化，弄得衣服濕答答的，很討厭。」

「您看起來很享受雪的樣子。」阿靜說。

「因為雪實在是這輩子沒體驗過的事情，離開之後，偶爾還是會想起來。」阿存說。

「說不定阿明也是這樣想的，他離開我之後，也許也會時不時想起來，但那也只是他的調劑而已……」阿靜落寞地說。

「還是忘了阿明吧。」竹郎說：「阿靜，相信我，我會努力讓你可以開心、幸福的。」

「我不知道怎麼辦。」阿靜說：「或許我該去滿洲看看？看看雪，看看臺灣看不到的事物。」

阿存搖頭：「現在情勢不好，哪都別去了吧。」

大船入港的汽笛聲，眾人一愣，阿靜轉身，跳進海中。有一些旁觀的船員和工人立刻脫下衣服下水救她，但經過好一陣子的搜索，還是沒有結果。竹郎頹喪地跪倒在地。

大船上的人們下船了，他們穿著破爛的軍服，扛著長槍，一隊又一隊，每個人都很疲勞的樣子，眼神渙散，腳步也不整齊。

工人們小聲議論：「這就是中國的兵？」

「好像乞丐一樣。」一名工人說。

「噓！小聲點，他們在聽。」另一名工人說。

「他們聽不懂我們的話，有什麼關係。」

一名軍官走了過去，罵了幾聲，工人們聽不懂，但知道要離開，於是工人們都全散了。

軍官看到阿存安撫著竹郎，問道發生了什麼事，阿存用支那語簡單和軍官解釋了一番，軍官拍拍竹郎的肩，走開了。

阿存把失魂落魄的竹郎送回洋房，竹郎的母親聽聞了這整件事，出來迎接，她是個高貴優雅的老婦人，穿著時髦的旗袍，她像是摟著小孩那樣地摟著竹郎，輕拍著他，在他耳邊說話，也客氣地請阿存留下住宿，畢竟被竹郎這樣一耽擱，時間也晚了。

阿存掛心阿靜的下落，便留下了。

這幾天他一直在碼頭附近走動，也勸深信阿靜未死的竹郎看開點，經過幾天，才有漁船在附近打撈到阿靜腫脹的屍體。

竹郎幾乎崩潰，阿存找了個時機和竹郎的父母辭別，便搭火車回到了家鄉。家鄉沒有什麼改變，家人看到他平安回來，也賺了不少錢，都眉開眼笑的，直說這是最近發生最好的事情了。

只是，有時，當他在龍眼樹下看見妻子回眸對他微笑時，樹葉的陰影總讓他想起阿靜悲淒的笑臉。他很難說明這是什麼感覺，只是好像被浸到一桶冰水中，往後再看到女人的笑容，也都不知道該如何自處。

他想，阿靜不管繼續活著還是選擇死去，最終也許都會掛著這樣的笑臉度過一生，如此，他便沒辦法說出什麼苛責阿靜的話了，只是，若要說他對阿靜有什麼遺憾，也許就是不知道阿明的下落吧。但再怎麼等，也許阿明都不會回來了，畢竟這是這樣的一個世道，連他都早早地離開了滿洲，天知道留下來的人會遭逢什麼呢？

阿存想著，又嘆了一口氣。妻子在遠方叫他，大概到吃午飯的時間了，他停下手邊的工作，遠遠看著妻子往他的方向走過來。他忽然覺得妻子好像臃腫了一些，也遲緩了一些，他想著，妻子莫不是有了身孕吧？一面揮舞著手臂，向妻子走去。如果妻子如他期待地懷了孕，生下兒子的話，阿存計畫著，他要好好讓兒子讀點書，去大城市工作，最好去師專讀書當老師；至於女兒，他躑躅了一會，要傾全家族之力，將她養成李香蘭小姐那樣傑出的女子是不可能的，比較可能像是阿靜，為了供養兄弟讀書，而到城市去工作……但，有那樣的命運在前頭等待，女兒真的會希望降生在他這樣的家庭嗎？他更仔細地想了一會，還真不知道李香蘭小姐和阿靜誰比較快樂——也許，做為女子，最好的命運，是不是不要被生下來呢？

他看著妻子盈盈的笑臉，和撫摸著肚腹的樣子，更加確定她有孕在身，他祈禱著，如果是女娃兒，就不要出生了吧。

妻子走到樹下，放下便當，問阿存：「在想啥物？看你心事重重的款。」

「做一個查某人，你甘有快樂嗎？」阿存想也不想便衝口而出。

妻子像是聽到笑話那樣，很愉快地笑了起來：「問這啥物問題？做查某人毋啥物快不快樂，只是拖磨爾爾。」

他愣了一會才回應：「按呢喔。」

「著啦。」妻子為他斟上茶水，張羅好餐具，打開便當盒：「莫想遐爾加，好來食晝矣。」

他傻傻地接過飯盒和筷子，眼前又浮現阿靜淒楚的笑臉，不知為何，這次竟覺得這笑臉有些促狹，像在嘲笑阿靜自己做為女人的命運一般。

殘

局

阿松一個人回到了臺灣。他渾渾噩噩，覺得好像還在一場惡夢中，無論做什麼都醒不過來。

黃醫生死了，這是阿松一睜開眼睛想起的事，他甚至覺得自己的臉上還沾著黃醫生溫熱的血和白色的腦漿。阿松並不知道自己在哪裡，好似是醫院，但外頭的鐵窗和銬在他右手上的手銬，又透著幾分詭譎。

他用左手揩了揩臉，臉上乾乾淨淨，什麼也沒有。

他想坐起來，但銬在床頭的手銬讓他不能平衡，他反覆幾次，終於坐了起來。外頭巡房的是個印度人，纏裹著紅色頭巾，印度人大聲呼喊，於是有人過來了。

過來的是個只會支那語的人，但至少皮膚顏色和阿松相同，阿松想，這大概是支那人吧。那人拿著一本小筆記本，大聲訊問阿松，但阿松一句也聽不懂，只能茫然地搖頭。

支那人找了一個會日語的翻譯來重新訊問，但翻譯態度強硬，不太讓阿松有開口的機會，翻譯和支那人講了許多阿松說過和沒說過的話，但阿松一句也聽不懂，只是傻傻地點頭。

經歷種種訊問，最終這被判定是一場仇殺，阿松只是個被捲入其中的倒楣傭人。他獲准在一片混亂的時局中，從虹口捕房離開，一些操著日語的軍人和警察湧入上海，上海租界即將被汪政權接管。日本人將黃醫生和他的皮箱發還給他，他不知道黃醫生的部分該交給誰，也不好自己獨占。於是阿松抱著黃醫生的骨灰，搭上船，看著越來越遠離的港口，發現自己也不知道該往何處去。

姑且還是回去臺灣吧。

他下了船，附近一片繁華，好像戰爭的陰影還沒覆蓋到此地，他想，日本會戰勝嗎？如果戰勝了，那麼臺灣有什麼好處？

阿松換了錢，買了火車票，按照黃醫生登記的住址，去拜訪他的家族。

他從火車下來，才走沒幾步就看見了黃家的大宅，西式的裝飾，立體雕塑的門面，用紅磚與洗石子堆砌出精緻華麗的花草紋飾。他敲門，裡面沒有動靜，過了良久，才有一位穿國民服的老女人探出頭來：「你佗位揣？」他老實說出自己的來意，乾瘦的老女人越聽，臉色越是發青，她對著屋內喊著：「大代誌啊！大代誌！黃志雄死去了啊！」

屋內一陣腳步聲，偌大的房子突然騷動起來，老女人拽著他進門，一面在長廊上喊著：「黃志雄死去了啊！黃志雄死去了！」

老女人喊得淒愴，像是哭墓的孝女，她抓著阿松的手，說：「志雄啊，伊細漢的時陣，伊阿母沒啥物奶水，志雄是阮用奶水飼大的！」

阿松有點迷惑了，如果是這樣惜愛黃醫生的家族，怎麼會讓他的戀情遭受如此多的折辱呢？還是黃醫生根本是個編故事的高手——人家是醫生，讀過許多書，要編些故事來讓沒讀什麼書的他同情折服，也不是什麼困難的事。

阿松開始同情起這家人了。至少他很同情黃醫生的奶媽。

「志雄死了？」說話的是一個穿寶藍旗袍、操著標準日語的女子，她黑著眼圈，看起來像是長年沒睡好的模樣，形容有些憔悴，但依然遮掩不住女子驚人的美，阿松看一眼就被她迷住了，她眼角的淚痣像是會說話一般，訴說著女子在這世界中受到的折磨和苦楚，更顯得楚楚可憐。

阿松和女子的視線對上，阿松對她點頭致意，但女子卻像接收到什麼訊號似地大哭起來：「黃志雄寧可死在異鄉也不要我！我就這麼不堪、這麼糟糕嗎？」

她哭得上氣不接下氣，差點昏死過去，阿松急忙一個箭步，過去扶住女子，他感覺到女子的體香，不知道是什麼香氣，只覺得像是野薑花。老女人連忙去拿了張椅子讓女子坐下，老女人輕聲勸慰：「鈴子啊！莫再吼啊！等夫人過來吧！」

「夫人？」阿松不解現在是什麼情況。

不久，穿著孔雀綠旗袍的「夫人」威儀堂堂地現身了，她緩緩步下樓梯，看起來就像個悲傷的女皇。老女人小聲地對阿松說，那是黃志雄的母親，這個大家族中的主母。阿松仔細瞧著夫人，樣子和黃醫生有幾分相似。看著夫人眼角的皺紋，阿松想著夫人笑起來大概會像黃醫生一樣瞇細了眼吧，想到這樣，他不禁為黃醫生的死感到一陣淒楚。但，如果黃醫生還在這世上，他大概不會回到這個令人傷心的故鄉吧。

阿松將裝骨灰的木箱子輕輕地放在桌上，阿松退後幾步，看著箱子，內心一震，黃醫生那麼大一個人，死後也不過就裝在這個小小的箱子裡。

鈴子看到那箱子，淚水源源不絕地滾落下來，她撕心裂肺地哭喊著黃醫生的名字，喊到喉嚨都沙啞了。

夫人不耐地抬起手，鈴子一下子就止住哭嚎，只是抽抽搭搭地啜泣著。

「好心人啊，你叫什麼名字？」夫人看著阿松，用日語問道。

阿松報出自己的姓名、來歷，在夫人的詢問下，阿松把自己怎麼遇到黃醫生，又是怎麼和他去了北平的事情原原本本地講述過一次，講到黃醫生的死時，夫人掏出刺繡的手絹，按了按眼角。

阿松自責地說：「如果不是我帶他去了上海，也許他不會死的……」

「不，」夫人搖頭：「殺手已經跟著你們很久了，志雄大概是沒有警覺，唉，可憐的孩子。」

「我這邊還有一些黃醫生留下的東西，」阿松打開黃醫生的皮箱，裡面有一些財物，但女人的首飾和鐲子、戒指特別多，金鐲子、玉鐲子、銀鐲子，各式各樣的戒指，不僅有鑲紅藍寶石的，也有純金的樸素圓圈，更多的是上面有花鳥雕飾的……阿松雖然不知道行情，但看得出這是價值連城的好東西。

鈴子突然止住啜泣，走向桌旁：「難道這些是志雄要給我的？志雄還是想著我嗎？」

夫人嘆氣，對阿松說：「請你見諒，我的媳婦自從黃志雄出走後，就患了瘋病，我不知道志雄的死會不會造成她的瘋病加重……這些年來，我們都當她是女兒一樣地對待著，希望志雄回心轉意時，家裡還有個人在等他。」

「那麼，冒昧請問，他為什麼要離開呢？」阿松問。

夫人的臉立刻垮了下來。

「明婆婆，麻煩你把鈴子帶走。」夫人對老女人下令。

明婆婆拉著鈴子的手，要她離開，鈴子小女孩似的把玩著手鐲等飾品，嬌憨地說：「這可是志雄還愛我的證明吶！明婆婆，你說對嗎？鈴子晚上可以睡個好覺了。」

「你現在就可以去睡覺了。」明婆婆也用一種哄騙小孩子的語氣說，鈴子很配合地打了一個大大的呵欠。

「我也覺得好睏了呢。」鈴子開朗地說。

「我陪你去睡覺吧，數花瓣給你聽？」明婆婆扶著瘦弱的鈴子往臥室走，鈴子像個聒噪的小女孩一樣說個不停，笑個不停。

直到鈴子的聲音消失在走廊盡頭，夫人才轉向阿松：「她之前一點都睡不著呢。」

「為什麼呢？」阿松問。

夫人嘆氣：「她說她老是想著志雄究竟愛不愛她，如果愛，為何要離開她；如果不愛，又為什麼要和她做一些夫妻才能做的事情……這女孩想著想著，竟然瘋了。」

阿松想起黃醫生的享樂論，因為人生中最想要的已經得不到了，於是剩下的都是次要的，都是殘次的替代品，自己可以為所欲為。阿松為鈴子感到不公平，黃醫生將她當成替代品，但鈴子卻將黃醫生視為自己最重要的存在。

但如果鈴子是替代品，鈴子之前的是誰呢？是那個被活活打死的女工嗎？

阿松覺得自己已經明白了這個家族故事的七八成，只剩下幾個破片要補上，但他還是充滿疑惑，如果有誰願意告訴他為什麼就好了，他不明白在每個抉擇點上，為什麼這個家族的人選擇了這樣做，而非其他作法？

也許他從來不曾明白過黃醫生，因為他在短暫的相處時光中，不曾真正知曉過他從哪裡出身，而他的根又是生長在怎樣的家族上。

阿松腦中閃過黃醫生帶他去的妓院，還有已經記不清面貌的、叫做阿梅的少女。當他和阿梅相擁而眠時，當下阿松真的以為他理解了阿梅，也理解了他自己，但也許那也不過是阿梅職業性的面具所造成的假象而已。

黃醫生是不是也是個戴著職業的面具四處行走的人呢？就連玩世不恭也都是假象，但假象中又有其他的假象……阿松想得頭痛了起來，也許他根本還沒剝掉黃醫生一層又一層的假面，他以為在假面之後是一汪眼淚，但也許連眼淚都只是偽裝的一部分而已。

夫人突然想起什麼似地，問阿松：「你結婚了嗎？」

阿松搖頭。

夫人忽然脫去了陰霾的臉色，喜孜孜地打量起他來：「不錯，體格好，相貌也好，正好湊成一對。」

夫人低下頭，喃喃自語，在原地踱來踱去許久，最後像是下定什麼決心似地，抬起臉來，直勾勾盯著阿松說：「您是個好心人，我也覺得好心該有好報。我想請您入贅黃家，代替志雄的位置。」

「夫人？您是什麼意思？」阿松不解地問道。

「我和志雄的大哥、二哥，一直將鈴子當作女兒來照顧，無論如何，她是我們黃家的媳婦。」夫人斬釘截鐵地說道：「也是我們唯一認定的媳婦。絕對沒有第二個。」

阿松聽了這句話，像是被浸到裝滿冰水的大桶裡一樣，全身顫抖地問：「所以，那時你們真的殺了懷孕的女工？」

夫人的臉色沉了下來：「別聽黃志雄胡說。」

阿松漲紅了臉喊著：「那是不對的！你們這些殺人兇手！」

「你就願意相信黃志雄酒後的胡言亂語，也不願意相信你面前活生生的人嗎？」夫人沉聲喝道：「讓我解釋。」

阿松自覺自己在這間屋子裡沒什麼立場大聲說話，於是靜默地將目光投向夫人身上。

夫人忽然轉身往屋子深處走，同時示意阿松跟上，阿松不明就裡，只能愣頭愣腦跟上。

房子的後院，有一口古舊的井，井口用一塊大石頭蓋了起來。「這是一口枯井，」夫人說，她一面指著枯井，一面對阿松說：「這就是懷孕的女工阿竹跳井自殺的地方。」

「跳井自殺？」阿松丈二金剛摸不著頭腦，黃醫生為什麼要騙他呢？他想不出理由。

夫人說，黃志雄是遺腹子，父親因為急病去世，母親——也就是夫人從那時起，便擔起整個家族的擔子，指揮兩個年長他非常多的兄長，三人一同操持家中的產業，並養育他長大。黃志雄做為么子，從小就任性非常，曾經有人口販子來到黃家，請求富裕的黃家收養一些孩子做傭人，否則要將這些孩子賣至妓女戶了。當時只有十歲的黃志雄，像閱兵一樣巡視過一整排比他更年幼的孩子後，指著一個面容清秀的小女孩，說：「我要這個女孩來作我的妻子。」

那個小女孩就是僅有五歲的鈴子，她出身貧戶，家人重病，窮到不得不鬻子求生。鈴子來到黃家，成為了預備做媳婦的孩子。黃家不僅供鈴子上學，讓她識字、能寫信，還寫得一手好書法。黃家也讓鈴子上一系列的新娘課程，只求成為匹配得上黃志雄的妻子。不只是黃家人這樣期待鈴子，鈴子也希望可以成為拯救自己離開可以預見的悲慘生活的恩人——黃志雄的完美妻子。

但黃志雄雖然隨口許下了婚約，但並不愛鈴子，他在內地留學，返臺的短暫期間，反而愛上了沒受教育的、年紀又大他許多的女工阿竹。黃志雄寫了許多情書給不識字的阿竹，阿竹想託人幫忙看，但又不知道找誰，於是將信件都胡亂藏起來。

是其他女工看見阿竹拿著信，心想她並不識字，其中必有蹊蹺，也撞見幾次阿竹和黃志雄幽會，兩人戀愛的事，這才被眾人發現。夫人氣極了，氣到一病不起，在鬼門關前走一遭才漸漸好轉。夫人想責罵阿竹，卻又不知道如何罵起，只能要工頭處處刁難她，希望阿竹知難而退。

阿竹並沒有因此而離開，她是個善良單純的女人，她相信黃志雄一定會回來和她結為連理。於是處處忍耐著、等待著。

黃志雄學成返臺後，告訴家人，沒有比阿竹更讓他能放鬆地開懷大笑的人了，如果能夠，他願意娶阿竹為妻。

在家人的盤問下，黃志雄痛哭流涕地承認，在他返臺之後，知道阿竹已有了身孕，而自己並沒有和鈴子培養出夫妻般的感情，而只是單純將她當作妹妹看待，他下跪請求鈴子的原諒，希望她願意放過自己，找個好人家。但輪到鈴子一哭二鬧三上吊了，夫人也不樂意見到這樣的景況，在家族的施壓下，鈴子如願嫁給了黃志雄。但黃志雄在和鈴子結婚的那一夜，他徹底灌醉了自己。鈴子見到醉得不成人樣的丈夫，只是溫柔地用手帕擦去黃志雄的額上的汗珠。

隔天，清醒過來之後，黃志雄更愧疚了。他覺得自己對不起鈴子，也對不起阿竹，他想找個地方上吊自盡，卻在此時，明婆婆告訴他，阿竹把自己淹死在後院的井中。

那口井後來就枯竭了。但黃志雄不知道這件事情，阿竹的葬禮結束後，黃志雄就離開家，只留下一封信告訴家人他將前往滿洲行醫。

他離開那天，只有鈴子一個人興奮地告訴每個人：「志雄與我度過了極為恩愛的一夜，我將要有孩子了！」

後來，鈴子並沒有懷孕，她變得越來越憔悴，每天躺在床上什麼也不做，只是反覆說著：「他愛我嗎？他不愛我？愛？不愛？」

「我的孩子呢？志雄？我們的孩子在哪裡？」鈴子晚上會這樣在走廊上哭吼，那時家族才發現，鈴子可能已經半瘋了。

這樣半瘋的鈴子在沒有丈夫的、空蕩蕩的家宅中虛耗著一日又一日的青春年華，也不願另嫁他人，也不好將她做為女僕或女工使喚——鈴子不是當年那個被賣來做僕役的小女孩，鈴子是妹妹一樣的家人，這是夫人和兩位兄長最終的結論。

「所以，您才問我要不要入贅黃家？只是為了給鈴子找個不會跑掉的丈夫？」阿松瞪大眼睛問。

夫人只是用手絹按了按眼角：「志雄死了，不會回來了，鈴子也斷念了吧。也許鈴子過幾天，情緒比較穩定了，就可以和她熟悉一些，也許鈴子會愛上簡先生這般體格魁梧的男子呢。」

「先不論我的意見，您有問過鈴子的感受嗎？」阿松抗議道：「像個物品被從一個人手裡，交到另一人手裡，連心愛丈夫的死都沒有時間悲傷……這還算是人該過的生活嗎？」

「我們女人一直都過著這種生活，我從小在黃家長大，黃家待我不薄，讓我和丈夫一起玩耍、讀書，儘管最後丈夫不幸早死，最疼愛的小兒子也死於異鄉，但我依然能說我過了幸福的一生……畢竟我曾為人妻，為人母，我希望鈴子也能體會這種感受。讓她坎坷的人生，變得圓滿一些。」夫人說著，撫摸著枯井的邊緣：「這樣的話，阿竹也能安心地永眠了吧。她的屍體還沒發脹就被人發現了，那時阿竹剛死去沒有多久，身體還溫熱，看起來就像是睡著了一樣。」

「我聽到的不是這樣……」阿松說：「黃醫生告訴我，阿竹是被打死的，連孩子都活生生地被打了出來。」

夫人嘆了一口氣：「我實在無從證明這件事。你可以相信你想相信的故事，我就算挖開阿竹的墳墓，讓你看看她的骨頭，你也不會知道她是怎麼死去的。」

「墳墓？」阿松問：「黃醫生說，你們將死去的女工丟進枯井中，用一塊大石頭……」

「怎麼可能這樣做呢？對死者太不敬了！」夫人說：「志雄從小就有這種誇大事情的習慣，您是被他酒後的言語所迷惑了吧。」

「我想看看這口井的底下。」阿松說。

「好吧。」夫人說：「若是你能移動那顆大石頭，您愛怎麼看就怎麼看，可以仔仔細細地去調查，我沒有意見。」

阿松用肩膀抵著大石頭，用盡吃奶的力氣才移動一些，井底潮濕的氣味冒了出來，他這才發現這好像不是夫人所說的枯井。但那也無所謂，他用力地推著石頭，直到石頭和井口有了一個縫隙，他便伸出手，插進縫隙中，一鼓作氣將石頭翻了過去，石頭滾落在地的同時，阿松也被推下井中。

這不是口枯井，井裡是滿滿的水，井中還有一具瘦小的骷髏，大概生前是女性。阿松看見骷髏很是驚訝，但在水中掙扎了一會，發現自己比骷髏稍高，腳可以探到井底的污泥，不至於被井水滅頂，他探出水面大口呼吸，聽見夫人的聲音遠遠地從井口傳來：「你答應吧，答應和鈴子的婚事，不要探究黃家的不堪，我就讓你上來。」

「為什麼要這樣對我？」阿松喊道。

「你是我們黃家的恩人，你對志雄有恩，又是一個好人，我也是因為這樣才想要你來當鈴子的夫婿……但你實在知道太多，如果你要繼續追究，我只能讓你和阿竹共結連理了。」

「什麼意思？黃醫生說的都是真的？」阿松困惑道。

夫人沒有正面回答，只說：「你在井底好好想一想吧。男人們最近不在，我暫時還不會把石頭放回去。」

天色將暗，阿松仔細地端詳著骷髏，並不覺得害怕。

他試圖想像骷髏曾有一張姣美動人的臉，卻不知道阿竹究竟是什麼樣子的美人，也許阿竹並不是世人會欣賞的那種美人，但阿松想，在愛著阿竹的黃醫生眼裡，阿竹鐵定是全世界最美的女人吧。

骷髏的骨架很嬌小，看著看著，阿松總覺得骷髏好像會張開嘴巴，開始說話似的。

骷髏有潔白的牙齒和骨骼，骨架雖小，但骨頭很粗，阿松左看右看，漸漸覺得這實在不像女人的骨骸。也許自己完全想錯了？阿竹根本不是女工，而是個俊秀的少年？

天色越來越暗，阿松泡在冰涼的水中，儘管是夏日，還是冷到打了個哆嗦。他越想越混亂，也越想越不理解這個世界。難道黃醫生對他，還有他對黃醫生的某種若有似無的情愫也許確實存在，這讓他動搖，他本以為自己前往滿洲，會在滿洲尋找到一名女子，與她結合，進而共度一生，生養孩子，也許再也不回臺灣。

阿松戰戰兢兢地伸出手，觸碰阿竹的骨骸，他在心裡唸著：「阿竹啊，如果你願意，請讓我知道事情的真相吧。」

說也奇怪，這樣唸完，阿松突然一點也不害怕了。

隨著太陽下山，光線一點一點被黑暗收回，變得越來越暗，但大宅窗戶投出的燈火，讓阿松藉由水面的反光，發現泡在水面下的雙手、雙腳和肋骨都不自然地凹折，看來是生前被外力弄斷了。

阿松顫抖起來，黃醫生說的沒錯，阿竹是被活活打死，丟進井裡的，他害怕起來，夫人和這個家族都很不對勁，他雖然想走，但離開這地方的方法，是否只有答應與鈴子的婚事一途呢？

如果鈴子的夫婿又再逃走，鈴子是不是會失去一切？至少，他也許不應該把鈴子的生存意義也奪去？

阿松最後明白，無論自己的心意如何，他沒有多少選擇。只能等待明天天亮，夫人回來時，告訴夫人，他願意答應夫人的條件，讓夫人放他離開井底。但想到楚楚可憐的鈴子，他又覺得胸口一緊，雖然不知道這裡頭有幾分真心，但他願意繼承黃醫生的「遺產」，將黃醫生無法給出去的愛化為他自己的愛，好好地疼愛鈴子。

儘管阿松可能無法真心地愛著鈴子，但那又如何呢？黃醫生終其一生，也無法愛上阿竹以外的人，也許黃醫生也被阿松吸引過，但阿松可能在某個層面上，也錯過了黃醫生。

他早該想到的，但阿松一向想得很少，他害怕深入去想，他會發現一些不該攤開在陽光下的事，例如阿松其實也想過，黃醫生對自己是否很有好感。至於自己是否也有被吸引，他不敢仔細探究。阿松原以為自己只愛女人，而被心細的黃醫生察覺到了他的迴避，因此並沒有對他說實話。

他不知道自己是不是做錯了什麼，或者是否永遠錯過了什麼。

阿松忍不住想，現在阿竹死了，黃醫生也死了，他們兩人會在地下重逢嗎？他想著一個俊秀的少年和黃醫生歡愛的模樣，儘管在冰涼的井水中，但他知道自己也全身發熱，起了生理反應。

原來他真正想要的是這個嗎？自己是不是在水裡泡太久了，開始發燒了呢？

阿松想著想著，不知不覺失去了意識。他睜開眼睛時，天色還未轉亮，光線霧濛濛的，他不知道自己是睡著了，還是發高燒，直接昏死過去了。

經過一夜，陽光慢慢爬進大宅，也爬入井中，藉著陽光，他想更仔細地端詳阿竹的骨骸，卻突然有個東西打在他的頭上，他抬起頭，迎著陽光，發現那是一條麻繩。他順著麻繩，踩著滑溜溜的井壁爬出來，麻繩綁在一棵大樹上，而夫人站在大樹邊，臉上表情看不出喜怒，於是阿松開口了，他說：「我願意娶鈴子為妻，為黃家做牛做馬，度過一生。」

夫人搖搖頭。

「鈴子不願意嗎？」他問。

夫人搖頭，過了好半天，才勉強吐出一句話：「鈴子死了。」

「什麼？」阿松大吃一驚。

「當我們發現時，她已經抱著志雄的骨灰斷氣了，似乎是喝了農藥。她一點隻字片語都沒有留下。」夫人垂下眼睛：「鈴子不在了，我們也不強求你留下……但過幾天，選個吉日，我們會將鈴子與志雄合葬。」

那是一場很隆重的葬禮，阿松這輩子沒看過這種排場，明明是葬禮，卻像是婚禮一般熱鬧，甚至，許多人的婚禮也沒有這麼氣派。

直到阿松看著棺木落入墓穴中，被覆上土壤，才有了點真實感。現在黃醫生和愛人們——無分是男是女——都在地下團聚了，他想像黃醫生身旁堆滿金銀財寶，夫人和黃醫生的兄長燒化給他的房子、器物、僕僮……阿竹和鈴子兩位佳人圍繞著他，眾人溫言軟語地談笑著。他想，那一定是一個平和安樂的畫面，但自己卻不在裡面。

那時，他忽然覺得，自己的生命才是一個殘局。

返鄉

阿明蹲在馬鈴薯田裡，馬鈴薯綠色的葉子在他腳邊隨風搖擺，看著春天明亮的天空，他拉起馬鈴薯長長的莖，看著一顆一顆沾滿泥土的馬鈴薯被扯離田地，阿明想，自己終於要踏上返鄉的旅途了。

前幾天，看到自己的名字在名單上時，他非常開心，但又不好顯露欣喜的樣子給其他一同勞動的友伴看見，於是阿明反覆看了幾次寫著這次誰可以返鄉的布告，確定上面的人確實是自己。

俘虜營的人越來越少了，這是好事，但對於比較晚返鄉的人來說，也許會有點寂寞吧。

阿明和友伴一起烤馬鈴薯吃，熱燙燙的馬鈴薯，像是掌心裡面有一顆發熱的太陽。

監視他們的蘇聯士兵，也像是友伴一樣，圍坐在火堆旁，等待馬鈴薯烤熟。

只要不逃跑，若果語言相通，他們和這些面容冷峻高傲的蘇聯士兵，也許也可以變成朋友吧？他不禁這樣想，如同他在冬天輾轉難眠的寒冷夜晚反覆想的：如果這個世界上沒有戰爭，也許每個國家的人都可以互相交朋友吧？戰爭將一些人分割開來，又將一些人團結在一起，若果不是戰爭，他不會來到滿洲，也不會認識東村，更不會因此來到西伯利亞。

這些年他嘗試在極寒之地尋找一張熟悉的臉，他還是惦念著東村。東村幾乎是他唯一掛念的事情了，他想在戰俘營中尋找從戰爭中倖存的東村，卻只有看到相似的臉孔。當他喊著東村的名字，希望對方回頭，看自己一眼時，那些人都沒有任何回應。那些人都不是熱情的東村吧。

阿明想像，若真能遇到東村，對方認出他時，一定會久久地凝視他，也許會衝上前，真誠地擁抱他。他反覆想像過這樣的場景許多次，他也不知道為什麼這比家鄉更令他牽掛。也許，因為這是第一次，他發現自己能夠熱切地渴望去理解另一個人，而不是像與阿靜相處那樣，僅是因為阿靜單方面投注了感情，而他也順從地凡事將阿靜考慮進去而已。遇見東村之後，他將阿靜完全拋諸腦後，不再設想與阿靜結婚之後的未來。當他開始渴望見到東村線條剛毅的臉龐時，對於循規蹈矩地走在結婚生子的常軌上的未來，已經無法像以前那樣點燃他了。

即使他從未在西伯利亞見到和東村相同的臉，但阿明知道，東村一定在西伯利亞廣大的原野上和他一起勞動著。這個念頭是支撐他在日復一日的單調勞動中，不自殺、不發瘋、不絕望，繼續忍受寒冷、飢餓、寄生蟲的叮咬和隨之而來的搔癢，他必須要活下去，活著去見東村。

像是來的路上，他搭上裝煤的貨車。貨車上，每個角落都黑漆漆的，伸手去摸就沾上一層墨色。眾人在黑暗中談話，聊著回到日本之後要做些什麼事。他在角落靜靜聽著，偶爾發出一點笑聲，但並不多說什麼，如同他在戰俘營一樣。在勞動間，除非必要，他總不太說什麼。除了名字，也鮮少會有人注意到他來自臺灣，他沒有結交朋友，也沒有遇上其他的臺灣人。他只是想，經過這樣無日無夜地挨餓受凍，在戰俘營中看到的每個人——就連那些蘇聯士兵也是，每個都添上幾分親切的色彩。於是他不特別與人親善，因為，他認為，在內心深處，在西伯利亞的每個人都早已像兄弟那樣緊密相依，畢竟面對無情的大自然，人類是該團結起來的。戰爭日本是打輸了，這時候再區分敵我，也是愚蠢的事。反抗也好，逃走也好，在西伯利亞嚴酷的大自然形成的障壁下，都是不可能的事情。無分將校、軍官與士兵，所有人都只能順從指令，日夜勞動。

在所有人被勒令集合，聆聽天皇玉音之前，應該說，在宣布戰敗之前的幾分鐘，阿明還在軍營教導新來的士兵如何駕駛車輛。廣播播送完畢後，阿明對找他來工作的田中中尉說，想離開軍營，田中中尉阻止了他，告訴他：

「外面可能正亂成一團，你在軍隊也許會比較安全。」

田中中尉錯了。他們在原地等待了不到三天，蘇聯像是預知日本的戰敗一樣，派遣的軍隊來接手的速度快得異常。蘇聯士兵面對已經解除武裝的滿洲國軍隊，最大的樂趣大概是搶奪他們身上的水壺和手錶等物品，還有一些蘇聯士兵彼此會為了某項戰利品而大打出手。

最終，等到蘇聯士兵把每一個滿洲國士兵——包含其實並不是士兵的他——都被搜刮過之後，拿著步槍，尖尖的刺刀在陰天也會發亮，蘇聯士兵吆喝著，要他們一個個往前走，走向他們也不知道通向哪裡的道路。

他們走了七天七夜，道路的盡頭是一輛載運煤炭的火車，阿明知道自己已經跑不了了，他的命運和其他士兵休戚與共，於是他乖乖地在蘇聯士兵用聽不懂的語言喊叫時，走上火車。站在沒有空隙的貨車中時，他想，也許從一開始就不該來滿洲，但他又嘲諷地想，那樣時間能倒流嗎？而且，所有一切，不都是因為認識了東村才被點亮的嗎？

漫長的旅途中，看不見窗外的風景，只有火車停下，讓眾人下車上廁所時，才能看到天色的明暗。小解時，看著外頭廣袤的荒原，他知道自己只能努力在戰爭的延長賽中活下來了。唯有如此才有機會見得到東村，也唯有如此，他才覺得自己的人生並不是平白無故地失去了意義。

去程的火車一片沉默，人們都在黑暗的車廂中，瞻望自己未來無望的命運。回程的火車要熱鬧多了，人們分享著回日本之後想做的事：要大吃一頓鰻魚飯、懷念妻子和母親的料理、想看看家人的臉等等，他在一旁靜靜聽著，想著在臺灣等待他的阿靜，不禁流下眼淚。他背叛了她的期望，甚至不覺得她有什麼重要的，也許阿靜耐不住等待，已經嫁給別人，那他也覺得這是對他，也對阿靜而言，最好的結局了。

對阿明來說，西伯利亞好幾年的勞動、寒冷與飢餓，也許就是上天對於他拋棄了阿靜的懲罰吧。

也許得等他看見日本海，戰爭才真正結束，也才有可能真正知道東村的去向。

火車停下，他在靠海的城鎮下車，有人興奮地叫喊著，這是自己一開始下船的港口，前面就是日本海了。一群人歡天喜地走向海邊，一艘看來破舊的大船入港，下來一群日本面孔，講日語的女孩，穿著白色的衣服，要他們好好排隊，準備上船。他意會過來，乖乖地排好了隊，那是日本方面派來的護士吧？不同於蘇聯在俘虜營中安排的、兇巴巴的女軍醫，這些都是溫柔可愛的大和撫子，他心情上變得比較開朗了。

阿明感慨，自己終於從西伯利亞離開了，但他要去哪裡呢？對他來說，去日本和回臺灣，也許都是一樣的，他只想知道東村在哪裡而已。這樣的話，也許先去日本比較好。他懷著期待，在護士和醫生細心地檢查下，登上了大船。

船上有味噌湯、白飯和梅子可以吃，雖然不是人們夢寐以求的豪華大餐，但許多人看到熱騰騰的豆腐味噌湯，都感動地流下眼淚。

船艙的空氣有點悶滯，他決定到甲板上吹風，迎著海風，他終於看見了日本海——這是他來滿洲時，和阿松一起搭船時，看的同一片海。不知道阿松過得如何？他已經不生氣阿松拿走了他要買車票的錢，畢竟他最後選擇留下，而在西伯利亞的期間，錢也沒有什麼意義。他遙望著海面，雲霧之後，好像依稀有島的形狀，他開始想像那是內地的島嶼山巒，即將第一次踏上內地，他感覺有些興奮，不知道東村是不是已經回到內地了？又，東村是否還記得他——那個與他一起溜冰的，從未看過雪的臺灣人？

現在他看過的雪恐怕比來自雪鄉的東村更多了，西伯利亞零下六十八度的冬天，霜雪沿著屋簷結成冰柱，他曾折下，放在嘴裡慢慢融化，喝那冰柱化成的水。許久以後，他才聽說這樣的冰柱，在其他地區的偵探小說裡，時常作為殺人的凶器，遇熱即融，人們不會知道兇手如何殺死對方，也不會留下形跡，只看得見屍體上開了一個大窟窿。但他無法不想到自己此生遭遇過最寒冷的冬天，這樣的行兇手法，在西伯利亞的冬天是行不通的，連熱水潑出，都會迅速結成冰，也沒有足夠煤炭可以生火，因此，那冰柱是不會融化的。

若有人死去，那人身上寄生的、喜愛溫暖的南京蟲會迅速向各方散去，尋找新的宿主。而那人斷氣後，屍體只會迅速凍成冰塊。只能等到來年春天，比較溫暖時，才有辦法在戶外生起火來，火化屍體，燒成骨灰，讓其他人將那人的骨灰帶回去故鄉。

吹拂過他臉頰的海風是腥鹹溫暖的，他對著遙遠的、霧中的山巒許願，願望很簡單，只希望他在滿洲認識的這些人都能各自過得幸福，不管是餃子館的阿菊，還是同鄉會的阿存，如果每個人都能幸福，那他受的這些苦難，就也不算什麼了。

他也不恨要他留下的田中中尉，天曉得要是當時離開軍營，走入亂成一團的新京街道會發生什麼事。命運不能預測，已發生的事情也不能更改，現在他一切平安，沒有死在西伯利亞，也沒有落下什麼病根，健康地搭上開往內地的船隻，他就已經感謝命運的寬容了。

命運也會對東村寬容嗎？他不敢往壞的方向去想像，怕自己精心構築的、一路支撐自己的城堡崩塌；但他又隱約感覺到，若自己遲遲未聽到他的消息，也許他已經死了，但他反覆說服自己，一切都是戰爭的錯，是因為戰爭，信息才沒辦法流通，他也無法好好聯繫上東村。

他一直這樣堅信著。

船在開動前，在港口等待了幾天，讓來自不同戰俘營的俘虜集合，一同回去故鄉。上船之後，看見許多生面孔，他開始熱心地和人們交談，他想，在他的戰俘營中沒有東村，那也許東村是去了其他地方的戰俘營。他一直懷抱熱切的希望，直到有人提到東村的那支軍隊，在滿洲和朝鮮交界的山中全軍覆沒。

他頓失重心，在船上摔了一跤，眾人扶起他，問他有沒有受傷，他搖搖頭，站了起來，擔心的眾人過了一會，確定他平安無事後才散去。他走上甲板吹風，看著黑暗的大海，竟有種想跳入其中的奇怪感覺。好像幽靈似地，從海中抓住他的腳，想把他往下拖。

他恍惚地想著，他因為命運女神的庇護而逃過一劫，但其他人沒有……沒有人告訴他那邊的消息。回來的只有他們的頭髮和遺書。而那是戰前統一交給軍隊的。

作為被留下來的人，他一無所知。只能不斷地問著其他人，究竟發生了什麼事，但沒有人知道，因為沒有任何一個人回去報信。

他只好嘗試編造故事，假裝他和東村在一起，是他親眼見證了東村的死亡。否則他無法說服自己，費盡心力逃避命運，沒有毫無意義地在戰爭中死去，卻毫無意義地活著……他在每個角落不斷尋找，越想逃離，那幽靈似的東西就跟越緊……他看著海，想跳進海裡，到那已離開的人身邊……在短短的航程中有好幾次，但最後他都活下來了，卻依然害怕毫無意義地死去。

經過五天的航程，船隻抵達內地的舞鶴，他幾乎沒有睡覺，飄飄忽忽地下了船，夢遊一樣地填好入境申請表格，卻遭到海關的拒絕。這時他才像突然醒過來一樣，一臉迷惑地看著對方：「怎麼回事？」

「你不能入境，你已經不是日本國民，我們會聯絡中華民國政府來將你帶回。」海關盯著他的眼睛說：「能明白嗎？你得在舞鶴待幾天。」

他點頭又搖頭，不是日本國民？中華民國政府？他搞不太明白。

海關嘆了一口氣，指了指旁邊的年輕警察，對方會意，過來拉住他，把他像是犯人一樣地，拽進一間囚房似的房間。

「為什麼？」他在囚房內問警察。警察用手銬將他與自己銬在一起，對他宣布：「為了保護你的安全，這幾天內我得隨時和你在一起。」

「什麼意思？」他迷惑地問。

「日本戰敗你知道吧？」警察問。

他點頭。警察拉著他的袖子悄聲說：「臺灣現在是中華民國政府的，你啊，從蘇聯那邊回來，身分很敏感，你知道國民黨快要輸給共產黨了嗎？」

他搖頭。在西伯利亞的日子，他對世界一無所知。

「聽說呀，臺灣發生了很多不得了的事情。」警察壓低聲音：「我是看你什麼都不知道，才告訴你的。回去臺灣以後，你得小心行事才行。」

「我做錯了什麼嗎？」他更加迷惑，於是開口問道。

看起來年紀與他相當的警察搖頭：「不知道，我也不知道哪裡錯了，也許參與戰爭，就是場錯誤吧。」

夜裡，警察解開銬住自己的手銬，將他與欄杆銬在一起才離開。他躺在冰涼的水泥地板上，房間與房間之間有一片薄薄的牆壁隔著，他聽見其他房間傳來大如雷聲的響亮打呼聲。他盡可能想讓自己睡著，但走廊上的窗子映出外面皎潔的月光，月光慢慢爬進囚房，照在他的臉上。他還是躺著，想著臺灣的家人，想著阿靜蓮霧似的、白裡透紅的臉面，覺得一切都又近又遠。

夏天的夜裡，還是有些涼，他向著薄霜般的月光伸出手，月光並沒有如水上的薄霜，一碰就破碎，反而什麼都捉摸不到。就像他抓破頭也想不出今後他會如何？臺灣又會如何？

那個警察還是每天白天都來到囚房，把自己和他銬在一起，這樣他才能在海關附近稍微走動。舞鶴應該是個很美麗的城鎮，他想，只可惜自己不能走遠一些，入關去看看。他也惋惜，自己好不容易來到內地，距離東村的故鄉已經很接近了，卻不能真正去到山中的雪鄉，看看生養東村的土地。

警察也教他什麼是ㄅㄆㄇ，教他唱新的國歌，他不知道警察的用意為何，但還是學著唱了音調平板的新國歌，警察興沖沖地教導他許多事情，他卻提不起興趣學，只是敷衍地聽過就算了，他問警察為何對臺灣這麼有興趣，警察笑咪咪地說：「我呀，是灣生喔，臺灣就是我的故鄉。我喜歡臺灣。心情不好的時候，就去看海，想到全世界的海都連接在一起，就覺得只要看海就像回到故鄉一樣。」

他不知道該說什麼，只好點點頭。於是警察又轉頭專注地看著報紙。

「你不怕我會逃跑嗎？」他問。

警察舉起手，搖動他們之間的手銬：「除非你把你的或我的手砍斷，不然大概是沒辦法的，我看你也不是這種人。我相信你，臺灣人都對我很好，你一定也是。」

無所事事的日子過了幾天，又有一些臺灣人被從西伯利亞送來舞鶴，但他們彼此不被允許單獨見面，每個人身旁都銬著一名警察，眾人相視啞然，不知道是誰搶先笑了出來，突然爆發一串笑聲，連警察們都覺得太荒唐而笑了起來。

也許因為是同鄉，又都經歷過西伯利亞的苦勞，他們很快就彼此熟悉起來。海關通知他們，要臺灣人們一起搭上船班，但他們也不知道將前往哪裡，只直覺是回臺灣的船班。

他站在甲板上，這艘船比載他到內地的船小多了，船行顛簸，大浪一來，感覺就要翻覆。同行的臺灣人們多半在甲板上不斷嘔吐，他也不知道吐了幾回。經過幾天的航程，好不容易才下了船。

下船之後，他還來不及看清四周的風景，只感覺這裡似乎不是臺灣，又立刻被監禁起來，這次的臺灣人們，沒有善解人意的警察和他們銬在一起了，他們被丟進發臭的航髒囚房中，一個身著制服的人拿著長棍，在外頭恫嚇地拍打著囚房的欄杆。

那人說的話，他一個句子都聽不懂，只知道是罵他們的話，他沒有動靜，反倒是其他人用日語及臺語狠狠地罵了回去。

一個稍微懂得一點支那語的人說：「他們說，我們都是蘇聯派來的間諜。

要接受審問。」

另一個人說：「這裡大概是上海吧，我的兄長和日本、中國那邊的人都聯絡過了，已經在趕來的路上。大家忍耐點吧。再過幾天，誤會就會澄清。都從那麼冷的冬天活下來了，一定可以平安返回臺灣的。」

於是眾人又七嘴八舌地聊起西伯利亞的種種，儘管外頭穿制服的支那人不斷吼著什麼，他們也當作沒有聽到。那人覺得沒趣，過一會就離開了。

過了幾天，經過同行者兄長的幾番交涉，他們終於獲准搭上返回臺灣的小船，那位同行者的兄長很親切地一一問候每個人返回故鄉之後的打算，有的人想趕快回去見父母，也有的人想念妻子的飯菜，只有他支支吾吾，不知道要說什麼才好。想不到對方也只是笑著拍拍他，說：「沒關係，沒關係，回去再做打算吧。」

他們互相留下彼此的姓名與家中地址，相約返鄉後再度聯繫，也許每年一起聚聚。他愉快地答應了同行者們的邀約，卻抵達基隆港時，感到一陣落寞。其他人和他道別過後，就早早離開了，他們都有地方可以回去，也有想念的人們，唯有他的心像是懸在空中飄來盪去。

東村死了，他也沒有辦法入境內地，將死訊帶回給他的家人。要回家嗎？但他一來不知道家人的生死，二來也不知道他們戰爭時疏開去了哪裡。他想去尋找還在基隆港的、自己過去的回憶，卻發現基隆港已經變得太多，他不知道該從哪裡找起。

過去他和阿靜相遇的飯桌仔不見了，船頭行也不知道去了哪裡，他在港邊問了幾個工人，知不知道阿靜去了哪裡，工人都搖搖頭，說自己這一兩個月才到這裡來，不知道戰爭前的事情。

他遍尋不著阿靜的下落，只能坐在港邊發呆。

也許是因為吹著味道熟悉的海風，但四周的景物全都改變了，在船上攪擾他的幽靈又重新回來，纏住了他。阿明想，是不是跳進海中，就能一了百了……他看見圓圓的月亮高高掛在樹梢，他對月亮說：「月亮啊，原諒我，我不想死在西伯利亞，在冰天雪地中，被獵犬咬斷喉嚨；也不想被蘇聯士兵的子彈射穿腦門，我知道很多人這樣死去了，但請不要這樣看著我……」

港口的工人們以為他喝醉了，大聲地嘲笑他，阿明沒有理會他們，他繼續對著月亮大吼：「那不是我的錯。我只是想活下去。」

當警察抓住他的時候，阿明鬆了一口氣，終於不必再被不斷移動的、黑糊糊的影子追著跑了，戰爭結束了，餘下的會永遠糾纏在他的夢裡。只要他閉上眼睛，就會浮現東村等人的臉容，他們對阿明說話，問他，為什麼沒有和他們一起埋骨於滿洲或是西伯利亞，那些結著冰霜的幽深的森林中……他被巡邏的警察一把抓住，像是扛米那樣扛起來，丟進警局地下室，像是西伯利亞的營舍一樣骯髒的囚房，散發一種悶滯的臭味，也帶著霉味。囚房內很暗，沒有電燈，也沒有窗戶，只有一盞明滅不定的燭光。在那樣昏暗的燭光下，看什麼都覺得有些歪曲。阿明總覺得頭有點痛，更多的是暈眩感，想來是在去警局的路程中，被撞到了腦子。

壯碩的警察面露凶光地盯著他，恨恨地吐出：「莫予我亂！」

阿明愣愣地點頭，他想，他大概是被當成港邊常見的醉漢了。

隔壁囚房的人大概是被警察折斷了手臂，痛得一直不住地呻吟，他想，他算是幸運的了，至少毫髮無傷地被扔進這裡。

下一步該去哪裡呢？一個中年警察溫和地帶著筆記本來看望他，那個中年發福的、有點肚子的胖警察，記得他是船頭行的阿明。

竟然有人記得自己，他感動得不得了，好像遊魂突然間看見一盞燈光，他不那麼沮喪了。阿明連忙請問胖警察是否知道阿靜的下落。

胖警察幽幽地嘆了一口氣：「你嘛是莫要知影較好。」

「怎仔樣？發生啥物代誌？」他問。

胖警察將阿靜從他離開後每日到港口去等待他，又是如何發瘋，再來如何被船頭行的老闆一家收留，被小老闆戀慕，最後又是如何因為從滿洲回來的旅人帶來的消息，從而失望跳海而死的事情，仔仔細細地告訴了阿明。當然，這件事經過了許多人的加油添醋，已經聽不出事件原來的形貌，但胖警察強調，因為這件案子落到自己頭上，於是盡忠職守的胖警察，在事件發生沒有多久，便頂著大太陽，四處走訪了所有的當事人，包括那個從滿洲回來、告訴阿靜消息的旅人林阿存，甚至也包括當時還沒搬離這裡的，船頭行的大老闆和小老闆——阿明甚至只見過小老闆一兩次。

最後，胖警察又補上一句：「這攏是久年以前的代誌矣！誰人會當想到，今仔你竟然轉來矣！」

而阿明竟不知道自己要做什麼反應，他腦中逐漸浮現出一個奇怪的想法——原來在船上和海邊，拉住他的腳踝，想把他拖往海中的，是阿靜的鬼魂。是啊，這樣就合理了，他想說話的對象也不是月亮，而是想奪走他性命的阿靜。但阿靜這麼善良，連偷吃米的灰老鼠都捨不得打死，也不敢放毒，怎麼會想奪人性命呢？阿明想，阿靜只是太寂寞了，這麼多年的等待，阿靜從來沒有得到一個好的答覆，她大概早就被這樣神經質的等待消磨了。確實，阿靜是該有一個鬼新郎陪伴她，但那該是他嗎？現在的他，和阿靜記憶中的他，或甚至想像中的他，恐怕是大不相同了吧？

從西伯利亞回來的他，還是原來那個他嗎？阿明不知道，他只知道自己因為寒冷、飢餓和受苦，改變了許多。若有幸能照到鏡子，他會覺得自己真的人不人，鬼不鬼的，面黃肌瘦，徒留皮和骨架，像個遊魂一樣地在這個世界上飄盪。他自己都覺得自己不像是自己了。

胖警察看他失魂落魄、心事重重的樣子，又深深地嘆了一口氣，胖警察把手放在阿明面前揮了揮，看他還是沒有反應，才踩著重重的步伐，上樓去了。整個囚房只剩下隔壁房間折斷手臂的人在哀鳴。

囚房內一片黑暗，胖警察離開時，帶走了蠟燭，也將通往地下室的門帶上了，他聽著那哀鳴，覺得自己好像待在地獄的某個角落，聽著惡鬼對罪人用極刑。

這個世界和地獄的差別又是什麼呢？阿明想，世界上有西伯利亞那麼冷的地方，也有像是他現在待的囚房那樣又小又熱、一點風也沒有的所在，所謂的地獄，會不會只是人編出來嚇唬其他人的東西呢？事實上，人們早就已經生活在地獄之中，只是自己不認為而已。

他坐在黑暗的囚房中胡思亂想，忽然想通一件事。胖警察所說的，從滿洲回來的旅人林阿存，就是在滿洲時，共同待在臺灣同鄉會，曾經和他還有朝鮮女給阿菊一起去野餐的阿存哥。阿存哥叫他不要太在乎日本人的想法，因為他們身為臺灣人和朝鮮人，終究只是日本人的奴僕而已。

阿明那時沒有聽懂，現在他也不太確定自己懂不懂。有些日本人平等待他，有些人，就連去了戰俘營，都還是對他呼來喝去的，他也不知道為什麼。也許就連日本人都不知道為什麼自己的同胞有的好，有的壞吧。人與人之間有著這樣大的差異，但人們還可以說彼此是同胞，阿明覺得，這真的是一件很奇怪的事情。

阿明一方面為阿存哥平安回到臺灣而開心，一方面卻又想，阿存的歸鄉，卻也將噩耗帶來給阿靜，不知道阿存作何感想。都是自己的錯，阿明想，如果他乖乖聽東村的話，回來臺灣就好了，雖然他會不快樂，會永久惦念著東村，但至少阿靜不會尋死。但他不知道和這樣的自己相處，阿靜會不會開心。也許人與人之間，就是一個永遠存在的地獄，誰都不可能真正得到滿足。

阿明想，自己欠阿靜許多，並沒有什麼能回報她的。唯一的方式，也許真的只有沉入海中，做阿靜的鬼新郎了。

他想了一晚上，直到天亮，胖警察打開囚房的門，拉著他，將他放了出去，胖警察拍拍阿明的肩：「要保重啊。」

阿明沒有回答，他搖搖晃晃地步出警局，看見刺眼的天光，他流下眼淚，往港口走去。

碼頭邊的工人看見他，大聲叫喊著，要他別來搗亂，他只是走向港邊，對著緩緩入港的大船喊著：「阿靜，真對不起，我還是想活下去。」

阿明的聲音被響亮的船笛聲淹沒，船上的人依然故我地忙碌著，準備入港，沒有理會他的吶喊。他隨手撕碎了和他一起搭船回來的人們留給他的聯絡方式，那些紙片隨風飄飛，落入海中。

阿明轉身離開港邊，跑向火車站，他要回去他的家鄉，他要從頭過一個全新的生活，彷彿他從來沒有去過滿洲。他今後將絕口不提任何關於滿洲和阿靜的事，他到老、到死，都永遠不會再提起。他要把這些事情都帶進棺材裡，直到死後，見到神明，他才會老老實實地將一切和盤托出。

雪的俘虜 / 李璐著 . -- 初版 . -- 臺北市 : 時報文化出版企業股份有限公司 , 2022.09
面； 公分
ISBN 978-626-335-893-5(平裝)
863.57 111014069

雪的俘虜

作者　李璐
執行主編　羅珊珊
校對　李璐、羅珊珊
行銷　陳玉笈
封面設計　廖韡
內頁設計　朱疋

總編輯　胡金倫
董事長　趙政岷
出版者　時報文化出版企業股份有限公司
108019 台北市和平西路 3 段 240 號 4 樓
發行專線 —（02）2306-6842
讀者服務專線 — 0800-231-705．（02）2304-7103
讀者服務傳真 —（02）2304-6858
郵撥 — 19344724 時報文化出版公司
信箱 — 10899 台北華江橋郵局第 99 信箱
時報悅讀網　http://www.readingtimes.com.tw
思潮線臉書　https://www.facebook.com/trendage/
時報出版愛讀者　http://www.facebook.com/readingtimes.fans
法律顧問　理律法律事務所　陳長文律師、李念祖律師
印刷　勁達印刷有限公司
初版一刷　二〇二二年九月十六日
定價　新台幣三八〇元
（缺頁或破損的書，請寄回更換）

時報文化出版公司成立於一九七五年，一九九九年股票上櫃公開發行，二〇〇八年脫離中時集團非屬旺中，以「尊重智慧與創意的文化事業」為信念。

本書獲文化部獎勵創作